美味しいと懐かしい

随筆集
あなたの暮らしを教えてください

4

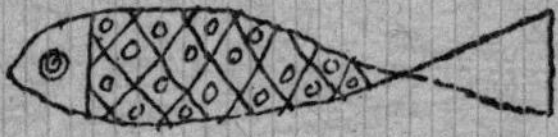

美味しいと懐かしい

随筆集　あなたの暮らしを教えてください4

上手な梅干しを漬ける手は宝物だ

もくじ

装画　花森安治
装釘　大島依提亜

柿の葉鮨礼讃

中島京子

実家の庭に柿の木があって、新芽が伸びて大きくなってくると、そわそわしてしまう。みずみずしい若い葉っぱが私に、食べごろだ、食べごろだよと囁いているように感じられるのだ。

「ねえ、そろそろ食べてもいいいんじゃない」

声をかけると、柿の葉を見つめて母は目を細め、にんまりとうなずく。そして私は、鮮魚が新鮮でおいしいと評判の駅ビル地下の魚屋さんに、生鮭を買いに走るのである。

柿の葉鮨が中島家の夏の風物詩になったのには歴史があって、そもそもは二十年近く前に他界した祖母が若かりし頃、谷崎潤一郎の『陰翳礼讃』に出ていた作り方を読んで、一念発起したのが始まりらしい。檀一雄が『檀流クッキング』にも引用している文豪の名随筆を、クックパッドのように使った昭和の家庭は案外多かったのかもしれない。

ただし、文豪レシピには一つだけ難関があり、新巻鮭を手に入れなければならないのだ。

「柿の木とアラマキさえあれば何処でも拵えられる」とあるが、正月準備の時期でもない夏の盛りに、普通の魚屋ではまず見かけない。手に入っても、一本の鮭を三枚におろして骨を取り、薄い切り身を作る作業は手間がかかる。私の家では、出刃庖丁を片手に軍手をはめた老母が格闘することになっており、その役を譲られる時が、一家の主婦の座を譲られる時かというくらいの、重要な役割と化していた。

ところがこれが意外にあっさり、刺身のさくに変わったのが数年前のことだ。意気揚々と新巻鮭を買いに行った母に、「鮨にするなら新巻は売れねえ」と、魚屋さんは言ったのだった。海を回遊する鮭にはアニサキスという寄生虫がいて、それは四十八時間の冷凍処理で必ず死ぬのだそうだが、新巻鮭は昔ながらの保存食で塩漬け以外の処理をしていない、それを生で食べて万が一食中毒を起こした場合、魚屋として責任が取れない、というのだ。それでは柿の葉鮨が作れないではないか、とむくれる母に、魚屋さんはいとも簡単に言った。

「刺身用を買って行って、塩を振って半日も置けばちょうどいい塩梅になる」

そういうわけで、『陰翳礼讃』から八十年の歳月を経た平成の食卓に上る柿の葉鮨レシピはこのように簡略化された。

柿の葉を採ってきてきれいに拭く。／酢飯を作って冷ます。（文豪レシピは塩で握るのみ）

／塩をしておいた刺身用の鮭の水けを拭き、五ミリ厚さに切る。／百均ショップで買った鮨型で酢飯を型抜きする。／柿の葉の表側に、鮭、酢飯をのせて包む。／おひつなどに敷き詰め、重石をして一夜置く。

これがどれだけうまいか。柿の葉が酢飯と塩鮭をまろやかに変身させ、豊かで複雑なうまみが口の中に広がる。きれいに形を整えて作ればお客様にも出せ、食べ始めると誰もが無口になる。そしてたいがい、出てくる感想もいっしょだ。

「どうして柿の葉で包んだだけでこんなにおいしくなるのか」

「不思議ねえ」

（2013年7月）

わきまえ事

辰巳芳子

お茶の間の火鉢のかたわらで、なんと色々のことを教へてもらつたであらう。「かき餅ってもんは三十六回返へすと、万遍なく焼けるものよ／海苔を焼く時は、中表に合はせ、海苔のふちからふちへ、網の上をなぞるように焼いて叩くと、まん中は自然に焼けてゆくものよ／金柑を煮る時は／豆を炊くには」「やわらかい炭と堅い炭は、とり合はせて使う／炭火を立てる／ねかせる。炭火の上から灰をふりかける／粉炭をびっくりするほどいけ込み、灰全体をあた々める」などなど。母は料理を教へるつもりなど全く持たず、素材にふさわしい火力のつくり方。その用い方を教へた。つまり「火」に対するわきまえ事を見せ、聞かせた。

わきまえ事とは一言で云へば、もの々道理、もの事の法則であると思う。

それかこれか、いま私は、ガス火を「0（余熱）から10」と計り、時に覆いを用いる。他人様にも同様に教へる。教へることが出来る。

思うにこの火の扱いから自然発生的に溢れ出したのが、私のスープかもしれない。

教へようと思つて　教へたのではない。

つくろうと思つて　つくつたのではない。

他意のないこと、そのものであつた。

私のスープの歴史は、四十余年前にさかのぼる。私のフランス料理の師匠は、加藤正之先生。スープと野菜で十四年の修行をなさり、宮内庁大膳寮で国賓接待の仕事をされた。

先生は「スープは献立の幸先《サイサキ》を示す」と細心の注意を払はれた。この態度は当然、弟子にのり移った。十三年の完全献立による稽古だもの。

先生も母も亡き後、スープは一見みなし児になるかと見へたが、いのちをかけて養はれたものは芽吹くものである。

教へ子と共に鎌倉の訪問看護クリニックへ、スープサービスをする。後継者の養成、本の出版、医療の場への助言。

五年前こんなこともあつた。「味の素」が私のスープを分析させてほしいと云つた。

「びっくりしました。グルタミンが多量に残っていました。グルタミンは加熱すると消失するのが定説であるのに、ノーベル賞ものですよ」　私のスープは生クリームもバタも使はぬ程質素である。何故グルタミンという旨味が残存しているのか。材料でなく技術である。即ち0から10に至る火加減の故であらう。加えて、具材をまぜ合はせるへ、ら、使、いもあるだらう。へら使いは、風呂場で身体を洗つてもらつた思い出の應用だ。色々な人がお風呂に入れてくれたが。母は、左から右へ、右から左へと組織的に洗い、心地良かつた。この洗はれ心地を玉葱、じゃが芋にあてはめた。具材はくずれずつやを帯びて火が通る。「0から10へ　左から右へ」　七十余年を経た深井戸からの汲み上げ。死をひかえ、美味しいとほ々えまれた知らせが、いま　一番　うれしい。

（2010年10月）

最後のカレー

酒井順子

カレーに対する特別な思い入れは、無いのです。子供の頃、カレーは両親がともに外出する夜のみ、母親が作り置きしたメニューでした。あたためてからご飯にかけるだけで食べられるカレーは、子供達だけで食べる夕食に適した料理。ですから私はカレーというと、何となく「あ、手抜き」という感じがして、カレー好きにはならなかったのです。

昨年、姪っ子の三歳の誕生会を実家でした時、母親が作った料理がカレーであるのを見た私は、ですから「?」と思ったのでした。小さな子供向けということだったのかもしれませんが、料理好きで、いつも食べきれないほどの品数の料理を作っていた母がなぜ、誕生会にカレーなのだろうか、と。

とはいえ大量のタマネギをじっくり炒めたというそのカレーは、手抜き料理というわけでもなく、美味しかったのです。誕生会も楽しく終了し、私達はそれぞれ自分達の家に戻っていきました。

結果的に言えばそのカレーは、私が母とともに食べた最後の食事となりました。誕生会の数日後、母はほぼポックリ死とも言える状態で、急逝。嵐のように葬儀を終えた後、私は住む人がいなくなった実家に、一人でたたずんでおりました。

親が死んでもお腹は空く。この現実に直面した私は、何か食べるものはないかと冷蔵庫を開けました。倒れる前日まで元気でいた母ですから、冷蔵庫にはぎっしり、食べ物が詰まっています。そんな中にあったのが、誕生会の時のカレーでした。大量に作ったカレーのストックが、まだ保存されていたのです。

冷凍庫には、一食分ずつラップに包んで冷凍された、ご飯。私はご飯を電子レンジで解凍し、カレーをあたため、ご飯にかけました。

作ってから数日がたったカレーは、味がこなれていて、誕生会の時よりも美味しく感じられました。そして私は、カレーを食べながら気付いたのです。これが、私が最後に食べる母親の料理であることに。

いつもよりゆっくりカレーを食べながら、私はさらに理解した気がしました。このカレーはおそらく、母親が永遠の外出をする前に、子供に対して残してくれた、最後の「作り置き」なのではないのか、と。母にはその死を予期することはできなかったとは思いますが、何かをどこかで察知した結果の、カレーだったのかもしれない。

今日の晩ごはんは、お父さんとお母さんはお出かけだから、自分達だけでカレー。そんな夜は、寂しいような、少しわくわくするような気分だったものです。そして最後のカレーは、父も母も永遠のお出かけをしてしまったということを、私に教えてくれました。親がいないということは、寂しいけれど少しわくわくするでしょう？　……と、からくてしょっぱくて甘くて苦いカレーの味は、その先の人生へと向けて、私の背中をポンと押してくれたような気がするのです。

（２０１１年４月）

文章の食遍歴

ホルトハウス房子

『暮しの手帖』を初めて読んだのは何時頃のことだろう。ウロ覚えの記憶の中には、直線裁ちのシャツや、台所の配置図が積木の様な木片の模型で幾通りも並んでいる。勿論、料理の実用記事もあったのだろうが、圧巻は、さまざまな分野の名士の方々の随筆の多彩なことで、何れも格調高く、中には食に及んだものもあり、喰いしん坊の私は、むさぼるように読んだものだった。

その中に黄飯《おうはん》という、初めて耳にする料理の話があった。若かった私の理解を遥かに超えるそれは、多分、九州か沖縄の南国の祝いごとのたべもののひとつだったのだろう。料理の多種多様さを知ったきっかけであったと思う。

石井桃子さんが子供の頃の話を書いて居られた中に、正月用の〝あら巻き〟をおじい様が丁寧に注意深く切り分ける様子があった。側でじっと見詰めていると、待つ程に、薄く切った一枚をひょいと貰えるのが何よりのたのしみだったとあり、いまだにその味を、アレコレ、詮索してしまう。多分、あの鮭はいわゆる塩引きで、昨今の品とはことなり、寒風に晒され、飴色にしっかりと締ったものだったのだろう……。生ハムに似た風味だったのでは……と思ったりもしている。

小倉遊亀《ゆき》さんの菜の花漬けが載ったグラビアは、さながら女史画くところの絵の如く、美しく、あかず眺めたものだった。文章から、そして写真から、きっと女史はふっくらとした、あたたかな手をしていらっしゃるだろう等と、勝手におもいをめぐらせたものだ。多分、その頃からだろう、私は小説の中でも、〝たべもの〟の記述のあるものを熱心に読むようになり、文章の中での食遍歴が始まった。

岡本かの子の小説〝鮨〟の中に、食の細いひ弱な息子の為に、母親が縁側に道具一切を持ち出し、鮨をにぎる様子が書かれてある。すしめしを、はだかの肌をするすると撫でられるようなころ合いの酸味と記し、あまみのある卵焼や白身魚の鮨の旨さに息子が体を母にすり寄せたいほどの喜びに満ち、ひひひひひと疳高《かんだか》に笑う、とある。

春、雛の節句のちらしをつくる時、飯台にあけた湯気の立つごはんに合わせ酢を一気にあける。むせるような酢の匂いの湯気を吸いながら、うちわの風を当てながら、手早く、然《しか》し優しく、しゃもじを動かす。するすると、するすると、と自分に言いきかせながら……。

自宅で料理教室を始めてから何時の間にか四〇余年の年月が過ぎていった。毎月の献立は季節を念頭にアレヤコレヤとおもいをめぐらし、ようやく決る。料理と器は一体であるので料理が決った時には器も凡そ決っている。次に食卓の配置、そして試食は料理を食卓に運ぶ順番を決める為にする。順序よく食べるということは、料理を美味しく食べる為に最も大切なことと思っているので……。蛇足だが、熱いものは熱いうちに、そして冷たいものは冷たいうちには、料理以前の鉄則である。

（2011年4月）

きんぴら

小川 糸

幼い頃、両親が共働きだったため、たいてい祖母が食事の用意をしてくれた。私は、祖母と過ごす時間が長かった。朝食は母親が準備したが、夕食は祖母が作る。私はその傍らで、いつも祖母の様子をじっと見るのが好きな子どもだった。年老いてから、家族六人分の食事を毎日のように作り続けるのは、相当大変なことだったと思う。

今でもはっきり覚えているのだが、ある日、祖母は夕方になっても家に戻らなかった。近所にお茶を飲みに行ったのだが、話に花が咲いたのか、なかなか帰らない。幼稚園児だった私は、時計を見ながら、そわそわして待っていた。

少しずつ陽が暮れても、祖母はまだ戻ってこない。このままでは夕飯に間に合わなくなると思った私は、ドキドキしながらまな板を置き、庖丁を取り出し、料理を作り始めた。初めて庖丁を握った時の興奮と喜びは、今でもこの体の芯にしっかりとした記憶として残っている。これが、私にとって初めて作る料理となった。

作ったのは、本当に他愛のないおかずだった。竹輪の穴の中に、細く切った胡瓜を詰めて刻んだもの。今から思うと料理とも言えないような一皿だけど、当時の私にとっては、大冒険を成し遂げて無事に生還したくらいの一大事だった。きっと、祖母の後ろ姿を見ながら、自分も早く同じように料理を作ってみたかったのだろう。あまりにも稚拙な料理だったけれど、私は自分が手をかけて作った物を誰かが食べてくれる喜びを、この時に初めて知り、そのことをとても幸せなこととして受け取ったのだ。

それから十数年後、高校生になり、好きな男の子にお弁当を作ってあげたいと、初めて手にした料理本が『河野貞子のおふくろの味』という一冊だった。高校生ならもっと違ったタイプの本を手に取りそうなのに、私は迷わずこの料理本を選んだ。きっと、祖母のような味の料理が作りたかったのだろう。けれど、祖母に直接尋ねるのも気がひけたのだと思う。この料理本には、本当にお世話になった。

大学生になって上京してからは、飲食店でアルバイトをすることが多かった。料理の生まれる現場にいて、誰かが美味しそうに食べるのを近くで見るのが本当に好きだった。

私が社会人になったばかりの春、祖母は他界した。生前の祖母に、最後に電話で尋ねたのが蕗のきんぴらの作り方だった。電話口で祖母は、丁寧に作り方を教えてくれた。それが、祖母と話した最後になった。

以来、春が巡るたび、蕗のきんぴらを作っている。けれどどうしても、祖母が作ってくれたような味にはならない。あの、くったりとした柔らかい歯応えのまろやかな味付けは、祖母ならではのものだったのだ。いつか私も祖母のような味わいが出せるだろうか。そんなことを願いながら、今年もまた、蕗のきんぴらを作ってみようと思うのである。

（２０１１年４月）

漬物は幸せのバロメーター

植松　黎

漬物が家庭の幸福度と深く関わっていることを実感したのは、離婚寸前の頃だった。私は、崩壊しつつある夫婦なら誰しも感じる不安のなかで夕食の支度をしていた。残り物の野菜に塩をふってぎゅっと絞り、浅漬けを作った。

漬物に箸をつけながら相手が言った。

「いつも浅漬けばかりだな。どうしてぬか漬けにしないんだ?」

夫婦が危機にあるときに、どうしてできよう。浅漬けなら即席でできるが、ぬか漬けは一朝一夕にはいかない。ぬか床を作ったら最後、どこまでも継続しなければならない。さらに、日日の手入れを怠ればたちまち酸っぱくなってカビがわく。心の平穏があってこそ保てる、夫婦生活を象徴するような漬物である。ぬか漬けばかりではない、みずみずしく美味しい漬物のレシピに「愛情」は欠かせない。そのことを身をもって教えられたのは、山形のあるお宅だった。

ガリ版アートの作家を訪ねたときである。ストーブの入った暖かい居間であいさつをすませ、取材の本題に入ろうとするとき、お母様が大きなお盆をかかえていらした。20種以上はあろうか、さまざまな漬物が彩りも美しくのっているではないか。

目に鮮やかな赤カブの酢漬け、青菜に黄色い菊の花びらを散らしたおみ漬け、ふくよかな白菜漬け、しその葉で包んだ甘露梅《かんろばい》、琥珀色のつややかな味噌漬け、山吹色の沢庵、山ぶどうのコンポート……、あとは見るも聞くも初めての漬物が、まるでオードブルのように盛られている。

私の目はお盆に釘付けになり、思わず言ってしまった。

「すみません、先にこのお漬物いただいてもいいですか」

歯切れのいい沢庵のカリカリとした音をさせながら、箸はもう次の漬物に移っている。熟成されたえもいわれぬ風味、甘酸っぱい香り、肉質のひきしまった雪国の野菜が口いっぱいに広がる。私は夢中で食べた。そして、幸福感に浸った。

主人公であるはずの作家は、仕事を後回しにしてがつがつしている来訪者にあきれたことだろう。しかし、少年の面影を残した目元は始終穏やかだった。豊かな漬物の作り手であるお母様も、にこやかにお代わりをさせてくれる。ときおりお茶を運んでくれる若奥様も、また、夫に全面的な信頼をよせている妻の充足感が漂っている。いつの日かお姑様の味を引き継ぎ、押しも押されもせぬ「大ご馳走漬物」の担い手になるのだろう。

これだけ多様で豊かな漬物を作るには、頭の中に全ての作業が一年の暦《こよみ》に組み込まれていなくてはならない。漬物の野菜には適切な季節や時期があり、個々の旬は四季のわずかしかない。時期を逃すともう間に合わないのだ。年年歳歳滞りなく行うには、食卓を共に囲む家族のだんらんが前提にあるからだろう。そして、自慢し、ほめられる相手がいる喜びが支えになるのだ。

いま、私は一人になった。しかし、ぬか漬けだけでなく、梅干やラッキョウも漬けている。今年の冬は沢庵に挑戦するつもりだ。これも、山形の〝幸福〟にあやかってのことである。

（2008年11月）

ほとびる

平松洋子

箸でつまんだ梅干しをひとつ、湯呑みのなかに入れて熱い湯を注ぐ。しばらく待っていると、硬く身を閉ざしていた梅干しが伸びをするかのように、しだいにやわらかくなってくる。だんだんふくらんで、ほとびている。

ほとびる。水を吸って膨れたりふやけたりするさまのこと。すっかり使われなくなってしまったけれど、ことばが持つ情景は、じつはとても親しい。水に漬けた豆がほとびる。コーヒーに浸したパンの耳がほとびる。ことこと煮た蛸の皮がほとびる。しゃもじにへばりついて乾いた飯が盥《たらい》のなかでほとびる――ただやわらかくなるのではない、水分がしだいに浸潤しながら緩やかにほどけ開いてゆくのである。

森鷗外「山椒大夫」の一節も忘れられない。

「その時干した貝が水にほとびるように、両方の目に潤いが出た。女は目が開いた。『厨子王』という叫が女の口から出た」

なにかこう粛然としてしまう。老母の目から「干した貝が水にほとびるように」つたった涙。しずくのなかに時間の堆積がこもっている。せつない。

似ていても、やっぱりほかのことばでは言いあらわせない。てんぷらそばのかき揚げが、熱いだしのなかでぐずりとなっている。それは、ふやけているのとも違う、崩れているのでもない。やっぱり、ほとびていると言うのがぴたりとくる。

すこし情けなくて、おぼろげで、頼りない感じ。ことばじたいが恥ずかしそうになりを潜めたがっている気配もあり、だからよけいに、こちらのからだの感覚のすみずみまで捉えられてしまう。そのぶん、じんと響く。

不思議なもので、あいまいなのに、鋭くつかまれるのだ。

ことばだけではない。味もまたおなじのようである。ひとくちめで「おいしいぞ」と挑んでくる味は、けっきょく飽きがくる。意外なほど、馴れるのも忘れてしまうのも早い。ところが、どこかあいまいでのんびりしたところのある味は、へんに刺激してこないから長いつきあいになる。

梅干し湯など、まさにそのひとつではないか。それも湯呑みのなかは、お茶ではなく白湯。

ざつな飲みものだが、ときどき掌で包みふうふう熱をさましながら啜りたくなる。

はじめは酸味勝ちの薄っぺらな湯なのだ。ところが時間が経つにしたがって、つまり梅干しがほとびるにつれ、味わいに複雑な厚みが生まれる。数分のちには驚くほどの変貌ぶり、食べるだけでは気づかなかった梅干しの真味が、湯呑みのなかで顔をのぞかせている。なのに後味はすっきり。

きっと時間が手渡してくれた余録なのだろう。おだやかにほとびるあいだ、肩を静かになでられて蕾の花弁が一枚一枚ほころんで咲いてゆく、そんなゆっくりとした味。

冬のあいだ、湯呑みの熱がうれしくて朝に夜にさんざん梅干し湯を啜ったのに、春になればなったで、白湯に解けて広がる梅のさわやかさがあらたに恋しい。

（2008年3月）

ふたつの朝市

石 紀美子

アメリカ・サンフランシスコの朝市には、初めて見る野菜や果物がたくさん並んでいる。深紅色のニンジンや古代ペルーの紫イモ、サラダ用の菜っ葉だけでも20種類ほどある。農家の人が取れたてのオーガニック食材を売る朝市は、健康志向の強いサンフランシスコ市民の生活に欠かせない存在となっている。

3年間暮らしたボスニア・ヘルツェゴビナの首都、サラエボにも朝市がたっていた。戦争の傷跡が癒えないサラエボで、唯一活気のある場所だった。種類も量も限られていたが、産地直送の新鮮なものが手に入った。店の人と片言のボスニア語で料理の相談をしながら買い物するのが楽しみだった。ボスニアの人たちは食べることが大好きで、食べ物の話をするときだけは誰もが笑顔になった。

今年から暮らすことになったサンフランシスコは、別の意味で食に対する関心が非常に高い。

健康志向が生活に定着し、スーパーで商品一つ一つの原材料をじっくり調べながら買い物する客の姿は珍しくない。食品添加物や化学調味料は敵視され、割高でも無農薬野菜のみを販売するスーパーが大繁盛する。

最も驚いたのは「ヴィーガン」と呼ばれる人々の存在だ。菜食主義者の原理派のような人たちで、鳥獣・魚介類・昆虫に関わる食品はいっさい口にしない。肉はもちろん、これらを使った出汁、ラード、動物性ゼラチン、卵、乳製品はご法度。ハチミツも動物性副生成物と見なされるので禁じられている。食べることだけにとどまらず、革製品、毛皮、ウール、羽毛、真珠などから作られた服飾品を身につけることもしない。

彼らの主食は、野菜と豆類と穀類だ。日本人の感覚だと、それではスタミナが続かないのではないかと心配になるが、最近ではスポーツ選手にもヴィーガンは増えているという。

急速に広がるヴィーガンは、単なる健康志向を超え、動物愛護や環境保護を訴える運動にもなっている。推計では、全米人口のおよそ1%がヴィーガンだとされている。飛行機の機内食にもヴィーガン用の食事が用意され、町には「ヴィーガン用のメニューあります」とのサインを掲げたレストランをよく見かける。果ては、刑務所もヴィーガン受刑者のために特別食を用意するべきだという陳述書が出たというニュースを耳にした。

再び、サラエボでの生活に思いを馳せる。ボスニアのような国でヴィーガンとして生きようとする人は少ないだろう。肉を食べない、何々を食べないという選択肢があること自体、すでに贅沢なのだ。手に入るものを食べる。そしてなるべくおいしく食べる、というのが一般的な感覚だった。

サラエボの朝市で売られていたのは、主にジャガイモ、玉ねぎ、ニンジン、キャベツ、トマトなどの基本的な野菜と季節の果物数種。肉は牛と鶏のみで、イスラム系の住民が多かったため豚肉は手に入らなかった。種類は限られていても、似たような素材でいかに異なった味を作り出すかに料理の醍醐味を見出した。食卓の小さな皿の上には、喜びと豊かさがあった。

国の状況によって人と食との関係が変わる。腹を満たす素朴な満足感から、ヴィーガンのような政治的主義主張にまで発展する。対極的なふたつの国で暮らし、そんなことを考えた。

（2007年3月）

家族と料理

渡辺有子

日が暮れて母が呼びに来るまで、私は毎日小学校の校庭の鉄棒で遊んでいた。来る日も来る日も懲りずに。柔らかい手には硬い豆がいくつもできた。それは逆上がりができるようになるまでとかそういうことではなく、体操の選手のごとく、連続回りをしたり、大回転で着地したり。鉄棒が好きでたまらない少女だったのだ。体育の時間にはクラスのみんなの前で見本を見せるほどの腕前（？）だった。その後も学生時代はとにかく体を動かすのが好きで部活動にも入り、変わらず、日が暮れるまで家の前の電柱をゴール代わりにバスケットのシュート練習をしたりしていた。

家族からもそのままスポーツの道にいくのでは、と思われるほど体育会系まっしぐらの時を過ごした。

家では大雑把で、面倒くさがり屋の「男の子みたいなスポーツ少女」で通っていた。その頃は、祖父母を入れての7人家族。明治生まれの祖父とは、気があったのか家族で一番の仲良しだった。習字を自宅で教えていた祖父は週に一度だけ、どこか外へ教えに出かけていた。その帰りに必ずおみやげを買ってきてくれた。

いつも同じお菓子だったのだけど、私はそれをなにより楽しみにしていた。祖父は明治生まれの人らしく、出かける時などは帽子をかぶる、お洒落さんだった。食べることも好きで、いつも「何、食べたい?」と聞くと「グラタン」という、ハイカラさんでもあった。母のつくる春巻きやカシューナッツのおこわなども大好きで、朝食はきまってバタートーストにオレンジマーマレードと玉子にホットミルク。

そんな祖父と一緒に食べようと、おやつにバナナケーキやプリンを、面倒くさがり屋の私なりに一生懸命につくったことを覚えている。

「おいしい」と絶賛して食べてくれるものだと思っていたら、「う～ん……もう少し甘みがほしかったね。それにレーズンが入っていたら、よかったね」と褒めてはくれず、私はプーッと脹れて少々、不機嫌になった。その後も負けじと、祖父の好きなチョコレートでケーキを作った。その時も「レーズンが入っていたら、なお、よかったね」などとまた、意見を言った。ただ単にレーズン好きだっただけではないか……とも思ったが、孫のつくったものを手放しに喜んで、「おいしい」と食べるだけでなかった祖父は正直で、ものをつくる楽しさと難しさ、人がおいしいと喜んでくれる嬉しさも教えてくれたように思う。

母はその頃、7人分もの食事を毎日つくっていたかと思うと感心する。しかもすべて手作りで。その頃は当たり前だと思っていたが、もっと手を抜くこともできたであろう。母は料理をすることを楽しむ余裕というよりは日々に追われていた様子だが、週末は自分の好きな小豆をよくたいていいたし、家族のことを思い、毎日のごはんを丁寧につくってくれた。母はいつも台所にいた。

その後に歩むことになる私の道に、母のつくった料理と大家族での食事は大きく影響しているのではないかと感じている。

スポーツ少女で大雑把な性格の私が、料理家として仕事をしていることを家族中が未だに不思議がる。もう10年以上経つというのに。そして豆の跡が残る柔らかかった手の平は、沸騰したヤカンを平気で持てるほどに厚くなった。

（2007年5月）

透き通るような野山のエッセンスを

梨木香歩

ヨーロッパの民家の写真に、窓辺に咲き誇るゼラニウムの花を見ることがよくある。先日、清里の清泉寮に宿泊した折り、同じように咲いている花があって、よく見るとナスタチウムだった。ナスタチウムはゼラニウムより葉も花も薄めで色調は明るい。葉は、サンドイッチをつくるとき挟み込むとマスタード代わりになり、とてもおいしい。手巻き寿司に巻き込む人もいるらしい。花びらも食べられるし、実は酢漬けにするとケッパーの代用にもなる。

そういうことを、昔、小説に書いたことがある。主人公の少女は、祖母の家に暮らし始めた当初、そのぴりりと辛い葉が食べられない。こっそりサンドイッチから抜き取る。が、最後の方では何となくそれを食べている、そういう設定で。

清里に行ったのは、その拙著『西の魔女が死んだ』のロケーション見学のためだった。話がそういう筋なので、舞台となる「おばあちゃんの家」の前庭にはナスタチウムが見事に咲き誇っていた。原産地が高原だから、清里の風土が性に合っていたのだろう。思わず数枚葉っぱを取り、口に入れた。ついでに隣にいた映画のプロデューサー、Tさんにも渡した。一瞬空気に妙な緊張が走ったが、すぐに覚悟を決められたようで、口に入れ、おいしいですね、と呟かれた。それは少し、気になったものの、私の目は辺りのおいしそうなハーブに釘付けである。

食用になる（ような気がする）葉は何でもすぐ口に入れてみる癖が私にはあり――野山のエッセンスが体内に入り、彼らと同化するような喜びがあるのだ――それだけなら誰にも迷惑をかけないでいられるのだが、困ったことに隣に誰かいるとついそのひとにまで勧めてしまう。先日は実家の母といるとき、庭の桜の木に寄生しているイワガラミのツルからおいしそうに透き通った黄緑の若葉が出ているのを見て、あ、これ食べられるのよ、とすかさず母の口に入れた。イワガラミの若葉は天ぷらにするとおいしい。「あなたといると何でも口に入れられる」と母はこぼし、そしてそのとき母の口から出た息が、まるでカメムシの臭いのようなのに気づいた。私自身いつもそれを生で食べておきながら、今まで迂闊にもそのことを知らなかったのである。母には黙っていたが、イワガラミは生で食べるものではない、ということを、そのときしっかり胸に刻んだ。

ところで昨今、全国的にシカが増えている。畑と言わず庭と言わず入ってきて作物を食い尽くすその貪欲な食欲にはどこも頭を悩ませ、清里もその例にもれず、ロケのためにせっかく植え込んだハーブを夜中にやってくるシカに食べられてとても困っている、ということだった。「ハーブにはお金を掛けたのに」と関係者の方はぼやいておられたが、もしかしてTさんがあのとき一瞬緊張なさったのは、生えている草を口に入れるという行為に対してではなく、これはとんでもなく食いしん坊のシカを、知らずに招いてしまったのではないかという、そのショックのせいだったのではと、今にして申し訳なく思っている。

（2007年9月）

人々の心をつなぐクスクス

にむらじゅんこ

今から17年前（1990年）、パリで初めてクスクスに出会った。パリジャンたちに最も食されている料理はフランス料理ではなく、このクスクスだった。粒状のセモリナはパスタの祖先であり、消化に良く食べやすい。それに、スープのハーブやスパイスの繊細な組み合わせも魅力的だ。クミン、パプリカ、シナモンといったオリエンタルな芳香に、地中海の太陽の恵みであるオリーブオイルのさわやかさ。大西洋の静謐な強さを感じさせる香ばしいアルガンオイルの雫。エキゾティックなこの食を口にした時、その原産地である「マグレブの国に行きたい」という気持ちが芽生え、次第に抑えきれないものになり、その後、何度も足を運ぶことになった。チュニジア、アルジェリア、モロッコの3つのマグレブの国のなかでも、アフリカとベルベル文化の香りが濃厚なモロッコが一番気に入った。

アールデコ建築の街並みの都市カサブランカから、サハラ砂漠の村まで、何度もひとり旅を繰り返したが、そのたびに、地元の人たちからクスクスをご馳走になった。アトラス山脈の家庭でいただいたクスクスは、砂糖とスパイスをかけただけのソースのないシンプルなクスクスだった。モーリタニアの国境近くでは、バーミセリのような細い麺状のクスクスや、お米やトウモロコシでできたクスクスもいただいた。また、「マラブ」と呼ばれている呪術師が作ってくれた恋愛に効くクスクスも食べた（なんでもスパイスの調合におまじないの秘密があるらしい）。クスクスはその土地のどんなものとも馴染み、人々の輪をつくりあげてしまう魔法だった。

家庭でご馳走になるときは、イタリアのお母さんがやるように、モロッコのお母さんたちも「食べなさい、もっと、もっと！」と次々とおかわりをもってくる。見ず知らずの異国の旅人を心から歓待してくれるのは、イスラムの国々の習慣だ。精神的な成長を促すためのメッカへの巡礼というしきたりがあるモスリムたちにとっては、旅人という存在は、異教徒であろうが、歓待すべき客なのだ。また、金曜日になると、どんな家庭でもクスクスを大量に作り、モスクに寄付する。貧しい人や身寄りのない社会的弱者への喜捨の精神をクスクスに託すのだ。

異人歓待の心を表現し、共生と平等のシンボルでもあるクスクスは、人々の心を開き、民族間の壁を打ち壊していく力を孕んでいる。海を渡ったフランスでも、こんなクスクスの精神性は受け継がれている。ところが、東京のとあるレストランで食べたクスクスは量が異様に少なくてがっかりしてしまった。「少ない方が上品」という日本的な料理の文法がクスクスの本質を台無しにしてしまったようだ。

世界の多種多様な文化が混じり合うマグレブで育まれてきたクスクスの本当のおいしさを、残念ながら、私たち日本人はまだ知らないといってもよいだろう。「おいしい・まずい」「栄養がある・健康によい」ということを人々はさかんに口にするが、料理が人々の心を開き、つないでいく、無数の情報と叡智を秘めていることに気づいてほしい。

（2007年9月）

美味しいと懐かしい

横川　潤

食評論という、いっぷう変わった行為を生業としている。食べるために食べるのだから、不思議な職業にちがいない。

羨ましい仕事ですね、としばしば言われるが、まあ、否定はしない。昨年の暮れ、フランスのレストラン評価本『ミシュラン』が東京版を出版し、優れた店に与える〝星〟を総計150軒のレストランにつけた。試みに数えてみたら、そのうち実に100軒で食事をしていたとわかり、われながら、少しあきれた。よく〝仕事〟をしたなとも言えるし、スタンプラリーか、モグラたたきをしているようでもある。

つるつるとした紙に、都心の高級店ばかりが印刷されているミシュランを眺めていたら、なにか、ひんやりとした気持ちになった。そのおおかたは、たとえば特別な日をお祝いするため、せいぜい生涯に一度行けばいい店であり、別に行かなければ人生に悔いが残るという店とも思えない。

とはいえ私自身、〝評価すべき店〟と〝好きな店〟は分けなければならないと考えているし、好き嫌いを評価基準に含めたら、明らかにアンフェアである。この両者の間には、渡るに渡れない、深い河が横たわっているなあと感じた。

〝好きな店〟とは、いったいどういう店だろう。

自分の好きな店を、静かに思い描いてみると、わかる。店を好きになるのと、人を好きになるのとは、そう変わらない。初めて会ったときから、ぐっと心ゆさぶられる人もいるけれど、その人がどういう経験を重ねてきて、どういう暮らしをしているかという、〝物語〟をこそ好きになるのだと思う。

むかし六年ほど、ニューヨークで暮らしていた。〝ピーター・ルーガー〟という、古いステーキハウスが好きになった。摩天楼がそびえるマンハッタンからは、イースト川の向こう岸の下町にある。ふつうならば定年を過ぎていそうなウエイター達が、分厚いステーキが乗った皿を抱え、談笑や哄笑のざわめきの中を、忙しそうに行きかっている。

「旨いねぇ…」。ウエイターにそう話しかけたら、「当たり前だろ」という風に、ふっと鼻で笑った。が、皺だらけの顔の奥で目が笑っている。こうした光景が創業以来百年、ずっと続いてきたのだろう。

そのピーター・ルーガーが好きだという店主の洋食屋が、墨田区東向島にある。近所の住民が自転車で乗りつける店だけれど、下町にあっては〝ごちそう〟をふるまうレストランである。家族連れが胸おどらせながらメニューをめくり、若い恋人達がうっとりとお互いを見つめあう。オムライスステーキという、鉄板皿にオムライスとステーキを相盛りにしたものが、ここ『カタヤマ』の看板料理である。オムライスのケチャップ味が懐かしい。幼い頃、デパート最上階の食堂で食べたチキンライスや、母の得意料理だったナポリタンの味を想いだす。

懐かしいと美味しいは、とても近い。美味しいと思う気持ちはおそらく、暮らしの記憶と結びついているから。

（２００８年３月）

家事一年生

川本三郎

家事がこんなにも大変なものだったとは。

朝起きて、食事の支度、洗濯、掃除、食事、後片付け、買物などをしているともう昼近くになってしまう。その繰返し。一日たつのが以前より早い気がする。

二〇〇八年の六月、三十五年間一緒に暮らした家内を食道癌で亡くした。子供がいないので、そのあとずっと一人で暮らしている。

家事はすべて家内まかせだった。

とくに家内は料理好きで、私が台所に入ることも嫌がった。いまとなってはそれが裏目に出てしまった。自分で慣れない料理をしなければならない。

はじめのうちは外食に頼っていたのだが、朝から外食ではわびしいし、生活が荒れてしまう。それで朝はきちんと作って、しっかり食べるようにした。

幸い勤め人ではないので、朝、ゆっくりしていられる。ご飯を炊き、味噌汁を作る。あとはせいぜい納豆、卵焼き、海苔、漬物と簡単なもの。

知人に贈ってもらった土鍋でご飯を炊く。電気釜より時間がかからない。炊き上がって蓋を取り、真っ白なご飯があらわれる時はうれしくなる。家内の位牌に供える。

料理も少しずつ覚えていっている。

料理本も大事だが、いちばんいいのは、女性の編集者に簡単な料理法を教えてもらうこと。野菜の筑前煮、肉じゃが、キンピラゴボウなど。少しずつレパートリーを増やしていっている。

永井荷風の俳句に「持てあます西瓜《すいか》ひとつやひとり者」がある。一人で暮らしていると食べきれないものが多いといっている。この「西瓜」のところを色々なものに置き換えられる。「ダイコン」、「ゴボウ」「ニンジン」。

最近はスーパーなどで単身者向きに少量のものを売っているが、六十代なかばの人間にはそれでも多すぎる。ダイコン一本、ニンジン一本を持てあましてしまう。冷蔵庫のなかで腐ったり、干からびたりしてしまう。

以前は、よく各地からおいしいものを取り寄せていたが、一人暮らしになってからはこれもしなくなった。

量が多すぎるためと、段ボールをはじめゴミがたくさん出てしまうため。宅配便の包装は中味の何倍にもなってしまう。

一人暮らしでいちばん気をつけないといけないと悟ったのは忘れること。電気のつけっぱなし、洗濯ものの取り込み忘れ、水道の水の出しっぱなし。日常生活には実に忘れることが多い。一度、ガスをつけっぱなしにしていて青くなった。

よくあるのが、電子レンジで温めたものを取り忘れること。食事が終わってはじめて気がつく。なにかおかずが一品少ないとは気づいていたのだが。家事一年生には勉強しなければならないことがたくさんある。

今日は朝から天気がいい。久しぶりに布団を干した。取り込みを忘れないようにしよう。

（2009年5月）

日本の山の味

田部井淳子

台湾は九州と同じ位の面積に三〇〇〇米《メートル》以上の山が二八五も連なっている大変な山国である。かつて日本の領土となった時代、富士山よりさらに高い山を新しく高い山として「新高《にいたか》山《やま》」（三九九七米）と呼んだのが今の玉山《ぎょくさん》で、道路も山小屋も整備され人気が高く、いつも登山客であふれている。

台湾の山に登るには、中華民国登山協会の許可が必要だが外国人枠というのもちゃんと整っているので、申請すれば登れるチャンスは実は多いのだ。私も玉山はじめ雪山《せつざん》、南湖大山《なんこたいさん》など台湾の山はいくつか登ったが、四月末、一番南に位置する北大武山《きただいぶさん》（三〇九〇米）に登ってきた。すばらしい山であった。山中にある檜谷《ひのきだに》山荘（二二〇〇米）までの四・二キロは深い森の中の道だった。かつて檜を切り出すために作られたという小屋だが、今は無人で登山客だけが利用している。トイレも水場もしっかりと作られ、五、六〇人は泊まれる広さがある。

ここから約一時間半登った所にある台湾紅檜は、屋久島の縄文杉のような立派な姿であった。さらに頂上へ続く道々にも直径一メートルを超す檜が、二、三〇メートルの高さを保ち点在していた。夕方から湧き出た霧がこの巨木のまわりをゆっくりと包むように漂い上空へ消えてゆく様子には、自分の体まで洗われて、細胞が生き生きとしてくる思いがした。この感覚は自然の中にいなければ味わえないものだと思う。

温暖な気候で樹木の生長も早いのだろうが、木くらげの大きさもすごいものだった。一つが日本の木くらげ二〇個分位はありそうなのだ。

その台湾の山から帰った翌日の五月三日、夫の車で富山県の立山へ向かった。連休で道路は所々混雑していたが、群馬県から新潟に入り富山に向かう。山々はまだ芽が出たばかりの新緑の帯。淡い緑の中で山桜や藤が咲いており、黄色い菜の花に遅い春を味わった。立山町に入ると水をはった田が広がり、レンゲが畑の中で揺れていた。里山にはコシアブラやタラの芽、コゴミ、エラ、ミズ、ふきのとうなどの山菜がたくさん目についた。弥陀ヶ原《みだがはら》へ行く道々には立派な立山杉があったが、山菜もこの広大さも台湾の山とは異なるものだ。十五メートルの雪の壁の間をバスが走る。韓国や台湾からの観光客もかなり多い。

帰り、雪どけの土手に芽ぶいたふきのとうを少しとってふきみそを作った。油、砂糖を一切使わず、みそを酒でのばし、とうがらしとたっぷりのかつお節を加えた中に、湯通しして大きく切ったふきのとうを入れて煮立たせる。たくさん作った時はビンに入れて冷凍しておく。

山でこのふきみそを器に入れ、お湯を注ぐだけでふきみそ汁になるので便利。この香りと味は日本独特だなぁーといつも思う。ふきみそを芯にしたおにぎりも本当においしい。器におにぎりを入れて、お湯を注ぐだけで香り豊かなふき茶漬けになる。大地のエネルギーをたくさん含んだ山菜は本物の地球の味がする。台湾でもおいしいものをたくさんいただいたが、日本の香りと味に私はいつもほっとする。

（２００９年７月）

紅葉の瓶詰め

塩野米松

高原の湿地にツルコケモモの実を取りに行ってきた。9月の祭りの頃に、喧噪を避けて、毎年行く場所だ。

奥山の温泉に続く道から脇に入った空き地に車を止めてネマガリダケの藪の中を登っていく。ツキノワグマの踏み跡がある。今年はクマが多い。あちこちに食い散らかしたエゾニュウやアリの巣を襲った跡である。

僕らの目的の地は秋田駒ヶ岳が正面に見える高層湿原だ。

ネマガリの藪を抜け、灌木の茂みをかき分けていくと、エゾオヤマリンドウが咲く草原に出る。既に草紅葉が始まっていた。

さらに標高を上げると、ミズゴケがぎっしり生えた湿地に出る。軟らかな緑のコケの間を縫うように幾筋もの水路がある。野球場二つ分ぐらいの湿地を取り巻くのはブナの林である。その向こうに駒ヶ岳の山頂が見える。

ツルコケモモの実は直径8ミリぐらいの小さな赤い実である。リンゴの品種に紅玉という光沢のある赤い肌のものがあった。酸味の強い素朴なリンゴだったが、それを8ミリほどに小さくしたものを考えてもらえばいい。

味はぱさぱさのリンゴに似ている。甘酸っぱいというが、僕らのは甘みが少ない。

9月初旬の晴れた日は、山の大気の水分が薄くなり、青空が冴え渡る。その青空と、力の弱くなった日の光の下で、小さな赤い珠玉を摘み取るのである。ミズゴケの間に埋まるようにして実っている小粒を一個ずつ摘んでいく。

昨年は籠にいっぱい取れたが、今年はじつに少ない。

植物の実の生りには、裏と表がある。たくさん実らせる年が生り年、表である。今年のように少ない年を裏という。たいていは1年ごとに交互に裏と表が来るのだが、ブナは7年に1度しか表がないという。その不定期な生り年には呆れるほど実をつける。

ブナの殻には脂肪分の多い実が入っている。栄養分たっぷりだから、ブナの生り年にはネズミが大量に増える。捕食者も。しかし、翌年も、その次の年もブナは不作だからネズミたちは減る。ブナは種の保存のために実の生りを調節して、種子を食う敵に対応する方法を身につけたというが、僕には真意はわからない。それでも植物の実の生りには確かに表と裏がある。

ほんの僅かしか収穫がなかった今年のツルコケモモの実だが、家に帰ってジャムにした。

三温糖を加えて鍋で煮る。見事な透明感を持った朱色のジャムが出来る。かなり酸味が強く、肉料理のソースとしても使える。その程度に緩目に仕上げる。

例年なら親しい友人や子供達、師に当たる方に無花果の甘露煮とセットにして送るのだが、今年は悲しいほどしかできなかった。仕方がないので、小瓶に詰めて、製作年月日とツルコケモモの実の絵を描いてラベルにした。味は褒めたものではないかもしれないが、見事に美しい瓶詰めである。


（２００９年11月）

飯わん雑感

日野明子

ご飯（炊いたお米）ほど、専用のうつわを欲する食べ物は無いと思う。専用のうつわとは、すなわち飯わんのこと。刺身は刺身皿ではなく丸皿でも鉢でも美味しそうに盛ることが出来る。煮物が小鉢でなく皿に盛り合わせで乗っていても美味しさは変わらない。ただし、これが米となると、違ってくる。いわゆるカフェの「ワンプレート」、もしくは洋食屋の「ライス」というやつだ。ワンプレートにチキンソテーとサラダとご飯が一緒に盛られるのと、ご飯が飯わんで来るのだと、食べる量が違ってくる。おかずとご飯が別々でも、飯わんに盛られた場合と皿に盛られた場合とまた違ってくる。皿に盛られたご飯は、うつわは別になっていても、ワンプレートと同列だ。ご飯の美味しさが半減する。丼が嫌いな人は、汁がご飯にしみるのが嫌だそうだが、わたしは汁と米が混ざるのは気にしない。むしろ美味しいと思う。だからチキンソテーのワンプレートは、汁が適度に混ざって美味しいはずなのだが、そうでもない。ご飯は飯わんを持って食べたい。この手に持つ、というのがポイントなのだ。たとえ箸を使えたとしても、皿である限り、ご飯はライスに化けてしまう。さらにプレートだとおかわりもしにくい。

神保町にある天婦羅の店「いもや」は美味しい天婦羅がアルミの楕円皿に数点盛られ、みそ汁とお櫃から盛られた白米が一緒に供される。天婦羅の量と白米の量はベストの筈だが、わたしはどうもご飯が足りなくなる。気付くと、天婦羅はまだ残っているのに、飯碗は空になっているので、おかわりを頼む。普通の定食屋だと、空になった飯碗に盛ってくれるのだが、いもやは違う。新たな飯碗にこちらの希望する量を入れてくれる。たとえ「ほんの一口」と頼んでも飯碗は二つ並ぶ。育ち盛りの男の子じゃあるまいし、目の前に空の飯碗を置きながら、二つ目の飯碗のご飯を食べる……というのは、ちょっぴり恥ずかしいのだが、でも、無理してご飯の量を調節しながら食べるよりは、好きなバランスで食べる方が遥かに美味しい。

そういえば、ご飯、ご飯、とことあるごとに叫んだ甲斐あり、知り合いのフレンチレストランで冗談半分に「この魚のソテーをおかずに、お米が食べたい」と言ったら、本当にご飯が出て来てびっくりした。それも飯わんのようなボウルで出て来た。やっぱりご飯は手で持って食べなくちゃいけない。

さて、なぜ「飯わん」と「わん」をひらがなで書いた箇所があるかというと、「碗」も「椀」

もあるからだ。飯わんが好きで、我が家の食器棚には、陶器、磁器、漆器、と十個以上ある。それを日替わりで楽しんでいる。案外、漆の飯椀は使い勝手がよく、登場回数も個数も多い。漆椀でご飯を食べた経験がない方は試されることをお薦めする。考えてみれば、米は白い訳で、黒や朱や溜色の飯椀との合性が非常に良いのだ。そして漆の質感。重さ。これがまた、ご飯を進める大いなる要因なのだ。

「ご飯は美味しく食べれば太らない」、と信じているから、今日も美味しくご飯をおかわりする。

（2010年7月）

母なる味噌汁

松岡正剛

数年前のこと、母の命日に何を供えようかと迷って、ふいに味噌汁を思いついた。これまでは供花をべつにすると、供えものは母が好きだった和菓子や蒲焼きやおはぎが定番だったのだが、それが今年は突然の味噌汁なのである。母が好きだったというより、私がその味を久々に思い出したからだ。

母の味噌汁は京都生まれの京都育ちのくせに、たいしておいしくはなかった。子供のぼくはそんなものだろうと思っていたはずだが、のちのち京都の料理屋などの上品な汁椀を知ることになって、あれあれ母はどういう味噌汁を作っていたのかと、初めて訝ったのだ。とても生活的な合わせ味噌の味だったのだと憶う。

やがて東京で住むことになったぼくは関東の味に出会い、濃すぎるうどんに閉口する一方、なぜか八丁味噌のコクに堪能させられ、これで京風の白味噌も関東の濃さもどちらでもいいなと唸るようになって、「おふくろの味」を捨ててしまったようなのだ。それが命日の供えものに母の味噌汁を思い出したのだから、これはいっぺん作ってみるしかなくなった。

実は十数年前から、「母なるもの」とは何かということを漠然と考えるようになった。当初は東西のグレートマザー伝説や母神文化などを追っていたのだが、あるとき「母なる空海」という言葉がひらめき、むしろ母国とか母国語というふうに言うときの「母」に関心が移っていった。

性別をこえた母である。そういうものってあるだろう、空海の思想や宗教にだって、日本にとっての「母なるもの」が育まれていただろう、そんなふうに考えるようになったのだ。母性にめざめたのではない。父性を打ち消したのでもない。もっと地べたのような、空間のような、そういう「母なるもの」が歴史をうごめいてきたような気がしてきたのである。

しかし、この「母なるもの」を自分の中で実感するには時間がかかった。だから、そこはほったらかしだったのだ。ところがそこへ、母の味噌汁を自分で作るという出来事が襲来したわけだったのである。

総じて母は料理が得意でなかったようなのだが、ぼくはもっとからっきしである。ふだんはほとんど台所に立たない。それでも、当日は「母の味噌汁」を作るしかない。岡崎から取り寄せた八丁味噌を溶いたり、豆腐を切ったり、あれこれしているうち妙な気分になってきた。自分の手足や体の動きがなんだか懐かしいものに変じてきたようなのだ。ぼくの母の動きというよりも、それがまじったもうちょっと大きなものだ。ふーん、そうか。こういうふうに「母なるもの」は伝承されるのか。

ぼくはそう実感したのだが、さて、だからといってその日の味噌汁が母の味に近づいたとは言えない。そもそも仏壇の中に熱い味噌汁を置いて、それで事態が有り難いものになるわけでもなかったのだ。仏壇の一隅にゆらゆらと湯気が出ているのも妙なものだった。なむあみだぶつ。

（２０１０年11月）

指と果物

小川洋子

武田百合子さんのエッセイ『枇杷』の中に、夫、泰淳が指をべとべとにしながら、枇杷を口へ押し込む場面が出てくる。夫が二個食べ終える間に、百合子さんは八個を平らげる。泰淳の死後、彼女は向かい合って枇杷を食べた情景を思い起こす。そしていつしか、自分は枇杷と一緒に夫の指と手も食べてしまったのでは、との思いにとらわれる。

確かに、指と果物は相性がいい。庖丁を使わず指だけで皮がむける果物はたくさんある。みかん、葡萄、無花果、バナナ、桃。イチゴには皮さえない。スイカは庖丁がないと切れないが（バットで叩き割るというやり方がないではない）、そのあとはスプーンなど使わず、手づかみでガブリとやるのが楽しい。瓜に近い安いメロンを食べる時も、こっそりこの方法を採用している。もちろん結婚披露宴のデザートに出てくるマスクメロンは、お行儀よく先割れスプーンを使うけれど。

手で皮をむくと果汁が垂れてくる。当然、手がべたべたになる。するとなぜか野性の血が目覚め、勇ましい気持になってくる。人間がまだありのままの姿で生きていた時代、ジャングルの木によじ登ってもいだ果実に、かぶりついていた頃の記憶がよみがえってくる。みかんの汁を両手にすり込みながら、ああ、やれやれ、ひとまずこれで今日一日は生き延びられる、と安堵していたりする。みかんの汁は、どんな高級ハンドクリームよりも強力にしもやけを治す。

私は桃が一番好きだ。ふるさとの岡山では、傷のついた出荷できない桃を、いくらでも安く買うことができた。夏の昼下がり、おばあちゃんがよく桃をむいてくれた。頭の割れ目を、庖丁の刃でちょっとつつけば、あとは自然に皮が、ぬるりぬるりとめくれてゆく。たちまち甘い香りが立ち上ってくる。おばあちゃんの小さな皺だらけの指が、果肉に少しずつ埋もれてゆく。手の甲に、お皿に、結婚指輪に、汁が垂れている。節が太くなって、結婚指輪はもう抜けなくなっている。

「服にこぼさんようにな。桃の染みはなかなか取れんから」

と、おばあちゃんは言う。お嫁さんの仕事を増やさないように気遣って、毎回そう注意する。

弟と私の分、けんかにならないようおばあちゃんは上手に切り分けることができる。芯に残るわずかな果肉も見逃さない。

こぼさないように、との注意も忘れ、私は夢中で食べる。それが当然の権利のように思い、何の疑問も感じない。すきがあれば、弟のを横取りしてやろうと狙ってさえいる。

私たちの向かいで、おばあちゃんは芯をしゃぶる。もうほとんど食べるところなど残っていないはずの芯を口に押し当て、じゅるじゅるといわせる。いよいよ指は、汁まみれになる。あの時私はどうして、

「一切れあげるよ」

と言ってあげなかったのだろう。

桃を食べた日は、夜までずっと、おばあちゃんの指は桃の匂いがした。

（2010年11月）

ツイッターとわたし

平野レミ

「お母さん、ツイッターって楽しいよ。話したいことがみんなに話せるし、知らない人と会話ができるんだから」と次男に言われてやってみることにしました。最初はやり方もさっぱりわからなかったのですが、１４０字以内の「つぶやき」をパソコンに入れればいいんだ、ということから始まって、「〜なう（〜している）」なんてツイッター用語をおぼえたりしました。

今でもブログというのをやっていますが、あれは発信したい自分の情報をきちんと文章にまとめて作り、ときどき更新しないといけないのに、ついつい忘れてしまっていつまでも同じ情報を出しています。ブログは頭をひねって宿題をやっているような気がするけれど、それに比べてツイッターは日常のおしゃべりのようで、気が楽です。

先日、講演のために奈良に行ったのですが、新幹線の中で「これから奈良で講演。奈良のいいところ教えて」とケイタイでつぶやいたら、すぐに「いいところ教えます」という返事がいっぱい来たり、会場に「ツイッターを見て聴きに来ました」という人がいたりして、こんなに早く知らない人とつながっちゃうことにビックリしてしまいました。

そんなときに考えたのは、私が人から教えてもらうというのも嬉しいけれど、私が人に教えて喜んでもらえることはないかしら、ということでした。

ありました。お料理のこと。世の中便利になって、出来合いのものやチンすればすぐ食べられるものがあふれています。でも便利なものに頼りすぎて、お料理をする楽しみとか、家庭の味などが忘れられてしまうのが気になっていたんです。

そこで、簡単にできておいしいお料理を家庭で作ってもらおうと、140字以内のレシピをつぶやくことにしました。

〈超うまディィップ教えちゃう！　オリーブ油大さじ1、砂糖大さじ1、卵黄1コ、味噌大さじ1、豆板醬少々をよく混ぜる。スティック野菜やゆでた肉につけて食べる。生キャベツなら1コ分いけちゃうわよ。覚え方は「おーい佐藤君、君が味噌の当番じゃん！」おーいはオリーブ油の事ね。〉

〈バカのアホ炒めを教えます。しゃぶしゃぶ用の牛肉100gと、完熟トマト大1コと、ニンニクふたかけをスライスして、塩コショウと一緒に炒めるだけ！　好みでサワークリーム入れてね。ご飯やパスタにのっけて食べるの！　スペイン語で、バカは牛、アホはニンニクよ！〉こんなふうに教えてあげると楽しく読んでもらえると思ったし、それで楽しく料理をしてくれればいいなとも思ったんです。

その通りになりました。「さっそく作ってみました」とか「とてもおいしかった」とかいろいろな反応が返ってきたんです。

松茸と椎茸のことを書いたとき〈松茸もいいけど椎茸の方が飽きない。結婚もそう。椎茸みたいな素朴な人の方が長続きするんだから〉というつぶやきには「賛成！」という反応多数。「レミパンさんに座布団10枚」なんてしゃれたのもありました。

（2011年1月）

お一人さんの先駆者――気儘な森茉莉さん――

小島千加子

昭和三十三年、森茉莉さんに初めてお会いした時、下北沢駅近くの喫茶店を指定された。作家に会うには、必ずご自宅まで伺うのがその頃の常識であったから、五十五歳の茉莉さんは案外若い感覚の人、という印象をまず持った。分かり易い場所に出向いて下さる親切心、と単純に思ったが、喫茶店通いは茉莉さんの日常なのであった。片道十五分ほどのアパートからの行き帰りに、クリーニング店への持ち込みと受け取り、必要な買物、昼食もそこらで済ます、と日中のあらかたの用が足りるのである。

約束の時間に喫茶店に行き、茉莉さんの姿がなくても、卓の上にペンやインク壺があれば、暫くののち茉莉さんが戻ってくる。喫茶店は混み合うこともなかったから、店としても何の不都合もなかった。それにしても、無人というわけではない喫茶店で物を書くというのは、茉莉さんの特技であろう。その真似が出来たら、とつくづく思うが、私にはどうしても出来ない。

のちに、茉莉さんの居住するアパートが古くなりすぎて取り壊し命令が出、移転を余儀なくされた時、引越しを手伝いに行って分かったが、部屋に机がない。喫茶店が書斎なのは、無理もなかった。部屋の半ば近くを占める大きなベッドが茉莉さんの王座であり、読み書きの他、水と火を使う以外の、生活に主要な殆どがそのベッド上で足りたのだ。

少女時代の茉莉さんは寝ころぶのが好きであったらしい。私も覚えがあるが、一冊の雑誌を兄妹が同時に読むために、畳に寝そべり、頭と頭をつき合わせていた。真夏の昼寝も、畳にゴロ寝である。常識的なしきたりなど意に介さない茉莉さんは、気儘に使える広いベッドがあれば御機嫌であった。その王座でこそ夢みる心が際限もなく働き出すのだ。

茉莉さんは料理に関する随筆をよく書いた。手のこんだ料理ではないが、茉莉さんの筆になると実に美味しそうで、美的な盛りつけまで指示してある。少女時代、父鷗外が八百善、精養軒などに連れ歩いたため、茉莉さんの目と舌が肥えた上、結婚前に料理も習わせられたから、上等の料理のコツを知っている。味噌汁にも特定の銘柄の日本酒をちょっと入れる、という風に。

下北沢界隈は、外食に事欠かない便利さがある。しかし茉莉さんは、年と共に仕事がふえる一方、出歩きが面倒になる。茉莉さんは近所の蕎麦屋から、白い御飯だけを買うことを覚えた。

カレー食堂が近くに出来ると、出前を時に頼む。日常の買物も、特に食べたいと思う食品も、たまたま現れる編集者に頼むことがふえた。時には私も、レストランに頼んで作って貰った料理を届けたりした。

今はスーパーやデパ地下で、パックの御飯も惣菜も、有名店の料理もあり余るほど売っている。思えば茉莉さんは三十年以上も前に、忙しい一人暮らしの食生活に苦心し、先鞭をつけたようなものだ。私は茉莉さんの、図らずも先見の明となった生活の仕方を思い出しては、デパ地下やスーパーの惣菜売り場に足を運んでいる。

（2011年3月）

食事の原点

森枝卓士

朝市に生活雑貨や衣類、そして、スナック菓子の類はあったが、生鮮食料品はまったく売っていなかった。

ラオスの北部、車が通る道からメコン河の支流を二、三時間、小舟で上がったあたり。つまりは車では行けぬ少数民族の集落。考古学や人類学の学者チームの調査に誘われ、同行した。その集落に泊まり込み、近隣の様々な民族の集落や焼き畑などを訪ねて回った。その中に朝市が開かれているところがあったもので、細かく見て回ったのだが、野菜も肉もまったく売っていなかったことに驚いたのだ。

正確にいえば、川魚は少しは売っていたか。塩焼きにしたものも生のものも。それと虫。竹《たけ》筒《づつ》虫と呼ぶものを売っていた。もちろん、食用である。中華鍋に油をひかずに煎ったら、かりかりとした食感も好ましい酒の肴。あるいはご飯の友。まあ、鍋に入れられた時はまだ蠢いているし、慣れぬ人なら抵抗があるかもしれないが、信州、伊那地方のように虫を食べる習慣のあるところには普通の食材だ。

ともあれ。本題は虫ではない。肉が売られていないことである。世界中の市場を訪ね歩いているが、これは珍しい。北アフリカ、モロッコの乾燥地帯のオアシスにあった市場の、灼熱の中、冷蔵庫もないものだから、屠った一頭分の肉だけ売っていたというようなことはあった。鶏など生きたまま売っていたというのも珍しくもないのだけど、完璧に肉の類が売られていない市場というものは記憶にない。しかし、その集落に長く滞在していて、その意味を理解した。肉は買うというものではなかった（虫も基本的には同じ。たまたま大量に採れたものか）。

泊めてもらっていた村長の家の洗濯用の物干しの端には、細いロープが輪を作ってぶら下げてあった。朝でも夕方でも、鶏や家鴨を食べるということになると、家の主婦なり手伝いの少女は庭先で走り回っているのから、適当な一羽を捕まえ、そのロープに首を入れる。

つまり、物干しは洗濯用のみならず、鳥たちの死刑台でもあった。バタバタあがいていたのが動かなくなると、羽をむしり、内臓を取り出し……と料理をするのだった。鶏くらいなら、少女でもやるし、豚や猪なら、男たちが総出でという「料理」。

もとより、そのような暮らしであるから、肉を食べることは日常ではない。たまの贅沢である。特別な来客や祭りのような非日常の楽しみ。そして、冷蔵庫などないのだから、すぐに食べきるか、でなければ、保存食になる。魚も同じだ。

スシのルーツといわれる、ナレズシの類が生まれたのもこのあたり。塩辛も古くから作られている。その意味も、あるいは虫というタンパク源の意味も、長く滞在すると、理解できる。なるほど、食べるとはこういうことかと改めて考えさせられ、シンプルながらも真っ当な食の美味しさを再確認する。この探検といえるような旅はやめられない。星付きのレストランよりも魅力的な、辺境の食のお話。

（2011年3月）

草野球弁当をつくった

小泉武夫

私が育った山の中の田舎町は、野球熱が大変に盛んなところであった。中学生の私も野球少年であり、友人のいるチームの応援にもよく出かけた。中学校のグランドは擂り鉢型になっていて、グランドをとり囲む土手に腰を下ろし、見下ろす格好で応援したものだ。そのうちに、いつも土手に寝ころんで、朝から晩まで野球を見ているおっさんがいるのに気がついた。頭の上の枕元には、風呂敷に包んだ弁当と、ビニール製の容器に入れたお茶が置いてある。町役場のサイレンが十二時を知らせると、必ず起き上がって、うまそうに弁当を食べはじめる。

私はそのおっさんがどんな弁当を食べているのかと興味をそそられ、ある時、覗いてみたことがあった。それがこの「草野球弁当」であった。誠にうまそうであった。実に素朴であった。今すぐにも食べてみたくなった。削り節と海苔と目刺し三匹。ホームベースを含めて四つのコーナーに梅干しとタクアン漬け。この弁当ほど草野球に似合うものがほかにあるのだろうか。

その時の弁当を懐かしく思い出して、再現してみた。

削り節は、かつお節のような高級なものでなく、鯖節か鯵節でつくった花かつおの方が情緒が湧いてきていい。削り節に醤油をたらしてよく混ぜあわせ、目刺しを焼いておく。ドカ弁に飯を入れ、表面の三分の一の面積に削り節を敷きつめ、その隣の三分の一に海苔を敷く。残りの面積には目刺し三匹ほどを横たえる。弁当の四隅のコーナーには、梅干し二個とタクアン漬け二切れをそれぞれの位置に付かせて出来上がり。

いよいよこの弁当を食べることにした。弁当箱そのものを野球のグランドに見たてているので、横ではなく縦にして持った。つまり、本塁ベースの位置が弁当の左下、一塁は右下、二塁は右上、三塁は左上ということになる。そして、我が輩の口を本塁ベースに付けてから、その辺りを箸でかっ込んで口に入れた。すると先ず、本塁ベースの役割を果たす梅干しがご飯と共に入ってきて、それをムシャムシャと噛むと、瞬時に鼻から梅干しの爽やかな〝快香〟が抜けてきて、口の中では、梅干しの酸味が飯の上品な甘さと一体となって実に素朴なうまさを感じた。

次にグランド下方の、削り節と飯のところを箸でとって食べると、今度は削り節の濃いうま味と優雅な飯のうま味とが融合して絶妙であった。そして二塁ベース辺りをごっそりととって食べると、今度はタクアン漬けの牧歌的な香味と飯の甘味とが一体となり、さらにグランド中央の海苔の部分を食べると、とたんに鼻孔から磯の匂いがしてきて、それが飯と絡み合って大層美味であった。さらに目刺しを一匹、頭からかじってムシャムシャと食うと、先ず歯や舌に頭骨や中骨などが当ってチクチクとしたが、噛んでいくと、そこからイワシ本来の強いうま味がジュルジュルと湧き出してくるのであった。

あとはもう夢中で、その草野球弁当を貪るようにして食べた。そして、飯粒ひとつ残っていない空になった弁当箱を見て、我が輩は、代打逆転満塁ホームランを放った時のような爽やかな気持ちになった。

（2011年4月）

ひとりレシピ

阿川佐和子

　自分一人のために惣菜を作り、冷凍庫から凍ったご飯を取り出して電子レンジで温め、食卓に運ぶのも面倒なので、台所に椅子を持ち込み、「いただきます」と一礼して食事を始めると、なぜかあっという間に終了する。所要時間ほぼ十分。調理時間を加えても三十分そこそこだ。あれほど楽しみにしていたはずなのに、これでおしまいか？　と思うと、ちょっと寂しくなる。

　一人ご飯とて多少は花を添えようかと、ときに缶ビールをあける日もある。つまみは日によって異なるが、たとえばチーズと湯豆腐、あるいはコンニャクのピリ辛炒め。湯豆腐の薬味は長ネギ、おかか、生姜などが好ましい。そこへ醤油とゆず酢をかけて食す。ピリ辛炒めはコンニャクに限らない。ピーマンでもニンジンでも大根の皮でもウドの皮でも。その都度、手元にある材料を胡麻油で炒め、砂糖、七味、醤油で味付けするだけのきんぴら惣菜は、ご飯にもお酒にも合い、しかもチャチャッと簡単にできるので、私の食卓には頻繁に登場する。

さて、それらを菜箸でつまみつつ、ビールを半分量ほど飲んだあたりで酔っ払い（外で飲むとこんな量では酔っ払わないのに）、お腹もそこそこに膨らんで、残ったビールをしばし見つめる。翌日はチキンのビール煮でも作ろうか。飲みかけビール缶を冷蔵庫にしまう。冷蔵庫を開けたついでに、「他に食べるものはなかったか」と物色すると、しなびかけた椎茸と、先っぽが少し黄色くなりかけているブロッコリーが目に留まる。

「おお、このブロッコリーは早く食べないと」

いかにして食べるか。茹でて塩とレモンをかけるだけでも美味である。過日、東尾理子さんに教えていただいた。「特に茎の部分をそうやって食べると、止まらなくなるんです」と伺い、ウチで実践してみたら、たしかに止まらないほどおいしかった。以来、ブロッコリーを塩レモンだけでコリコリ囓る癖がついた。しかし、たまには他の調理法も試したい。そこで今回は、中華鍋に胡麻油をひいて、ニンニク、生姜のかけらを入れてから、生のままのブロッコリーをゴロゴロぶち込み、そこへ干しエビを加え、カキ油と豆板醤で味付けをしてみた。

これはなかなか、いける。やや硬めのブロッコリーには歯ごたえがあり、そのコリコリ具合が干しエビとよく合う。自家製レシピが一つ増えた。ただ問題は、いつまで覚えていられるか。作り方を思いつくのは、目の前に「早く食べてくださいよ」と泣いている野菜や素材があるからだ。材料が目の前から消えると、レシピも自然に記憶から遠ざかる。そのせいで、今までどれほど数多く、疎遠になったレシピがあることか。

しなびた椎茸を見ているうち、遠い昔、友人に教わったおかずを思い出した。椎茸と茄子をみじん切りにして油で炒め、そこへ赤味噌と砂糖を加える。ご飯の友として最適である。学生時代はよくお弁当に入れたものだ。長らく食べていない。明日は茄子を買ってきて、久しぶりに作ってみよう。侘しいながらも楽しき我が惣菜。私はこういう残り物晩餐が案外、好きなのかもしれない。

（2011年4月）

幸せは、勝手口から訪れる。

細川亜衣

裏庭でとれた竹の子、ふきのとう、からし菜。風干ししたしいたけ。果実から手作りした甘夏のジャム。皮つきの立派な猪肉《しし》。香り高い酒粕。湖のほとりで摘んだクレソンの山。蔓のついたつやつやのいちご。娘の初節句には、白い花ばかりの大きな花束。

春のほんの数日の間にわが家に届けられた贈り物だ。すべて勝手口を通ってやって来た。今日は大したものがないから粗食で……なんて思っていると、一瞬のうちに献立が豊かになることはしょっちゅうだ。それまで味わったことのなかった鱧《はも》の卵や、初めて見る風変わりな顔の天草の地魚、巣箱を使わずに山の中で集めた蜂蜜なんかも、同じようにして食卓の仲間入りをした。

うちにも、もちろん玄関はある。でも、家族の出入りも、郵便物やお裾分けの受け取りも、私たち家族を支えてくれる人々の温かな心遣いも、みな勝手口を通して繰り広げられている。

東京の家にも、勝手口はあった。けれど、台所の片隅の薄暗い戸口は、ごみ出しや庭そうじに出る時に使うくらいで、心和む思い出はあまりない。

熊本に暮らすようになって、台所はますます私の生活の中心になった。それは、家族のためだけに日がな一日料理をしていいという、長く夢見ていた暮らしを手に入れたからでもあるけれど、近頃は、この勝手口の魔力でもあるんじゃないかと思っている。

勝手口というと、東京の家のそれのように、玄関に比べて存在が薄いのが普通なのだろうが、この家には玄関があることを知らなかったという夫の旧知の友人もいたくらいで（ちなみに勝手口と玄関は2メートルほどしか離れていない）、ここではやけに存在感が大きい。近頃は、はいはいを始めた娘が床と勝手口の間に落ちないように柵をつけたものだから、出入りも容易ではないが、この勝手口は変わらずみなに愛されている。

私が移り住んだのを機に台所をがらりと改装した時も、勝手口と窓枠だけは、使い込まれた木の風合いが美しいので手をつけずにいた。歪んだ扉の隙間から冬は寒風が吹き込み、夏は虫がぞろぞろと侵入するけれども、長い年月の中で飴色に染まった木肌を見るにつけ、この古い家を愛し、慈しんで暮らしてゆきたいという思いにとらわれる。

そして、私たち家族を取り囲み、包んでくれる人たちのことも、日々、勝手口から訪れる幸せによって私は気づかされる。

ようやく春めいてきたある日の午後、しんとした台所に足を踏み入れると、勝手口に続く窓辺に小さな花火のごとく咲き始めた山茱萸《さんしゅゆ》が、吹きガラスの花瓶の中でぐん、と枝を伸ばしていた。そういえば、さっき夫がのこぎりを持って庭先を歩いていたのを思い出し、心がほころぶ。

これからもずっと、花も、季節ごとの恵みも、人の心も、こんな風に勝手口をくぐり抜けて、私を照らしてくれるのだろう。

（２０１１年５月）

食と幸せ

野村友里

人様に胸を張って言えるほど、〝私は幸せなのだろうか〟と考えると全く分かりません。しかしながら、幸せかどうかは個人のものさしの中にあり、比較するものでもないと思っています。

先日、もうすぐ2歳になる姪っ子に会った時、ちょうど大好物のブルーベリーをスプーンに一粒一粒のせ、ご機嫌に口に運んでいる最中でした。隣にいる私にも突然「はっぴぃい?!」と言いながら差し出してくれました。突然の問いにドキッとした私は思わず「どうかな?」と躊躇しながらも、その問いに素直に答えている自分がいました。そんな私の真面目な返答など、まるでなかったかのように〝おいしい!〟と満面の笑みを向けて食べ続けていた姪っ子。確かに幸せとは、日常の中に散りばめられているものであり、それを幸せか否かと定義するのは個人次第でもあります。それを感じさせてくれた姪っ子に感謝しながらも、しばらく考えてみました。

私が食で生業をたてさせてもらうようになってから、幸せだなと感じる瞬間を沢山持ってきました。そんな中でも、最近の大きな出来事といえば、カリフォルニアのバークレーにある、オーガニックレストランの草分け的存在CHEZ《シェ》 PANISSE《パニース》のキッチンに立った事です。食を通して様々な経験をさせていただいた今だからこそ、今後の行く先を考えた時に、〝今の自分が食に携わる中で純粋に何に反応し楽しいと感じるのか?〟というところを改めて確認してみたいと思うようになったことがきっかけでした。ご縁もあり、なかなか入る事のできないキッチンで働かせていただいたことで感じた事、それは通じるものは通じるということ。虫がいっぱいついた葉っぱやアーティチョークを掃除したり、羊一頭、鶏なら百羽以上を黙々とさばいていきました。そしてここで働ける事を心より楽しみ、プライドをもって働いているシェフ、スタッフ達に囲まれているという事実、そして己の役割があってそこに居られる自分を、この上なく有難く、心地よくさえ感じました。このような感情をもてる仕事に出会えたことに、神様ありがとうと素直にそう思えた瞬間でした。

料理をしばしば手紙のように感じる事がある私は、料理が仕事であるという意識が時たま薄れる事があります。しかし料理も手紙も全てはバトン。いい環境、いい食材、いい生産者、料理をする人、食べる人。全てはいいバトンで生かされているのです。

人の心に響き、動かすものって何だろうと最近よく考えます。「食べていって」「一緒に作る?」そんな言葉をかけたり、かけられたりするのは、どんな誘い文句よりもドキッとするしワクワクもします。それは年齢や性別を問わずに感じる事だと思います。きっと食というものが、人の生きる根源だからなのでしょう。父の育てたブルーベリーを食べて、はっぴぃい、と言った姪っ子は、確実に幸せの一つを知っていたんだと思いました。

(2011年5月)

びっくり水

出久根達郎

友人から電話がかかってきて、いきなり、「ビックスイって、何のこと?」と訊《き》く。何だか、わからぬ。まず、状況を説明してもらわねばならぬ。友人は素麺の袋を読んでいるという。

「……沸騰したら、ビックスイを……」「ああ、びっくり水《みず》」「ビックミズと読むのか」「ビックでなく、びっくり水だ」「ビックミズか」友人は早口なので、そう聞こえるのである。

「びっくり水というのはね、要するに差水《さしみず》のことだ」「差水って何だ?」「水を足すことだよ。沸騰した湯に、いきなり冷水を差すから、湯が驚くだろう。それで、びっくり水」「変な言葉だな。水を足すと言えばよいものを」「料理用語だ。洒落《しゃれ》てるじゃないか」「造語だろ?」「いいや。辞書にも、ちゃんと出ている。麺をゆでる時に使う」

その友人が七分粥《がゆ》と五分粥と三分粥で、どれが一番軟らかいのか、と聞いてきた。「三分粥だ」「えっ? 七分粥じゃないのか? 七分粥は米一に対して水七の割合だろ。三分粥は米一に水三じゃないのか?」農林水産省の表示によると、三分粥は米一に対して水二十。従って五パーセント粥とも称す、とある。

友人は昨年、連れあいを亡くした。二人の娘さんはすでに嫁《とつ》ぎ、一人暮らしになった。何もかもカミさん任せだったので、毎日とまどっている。ご飯の炊き方も知らない。最初のうちは、外食やコンビニの出来あい物ですませていたが、画一的な味にへきえきし、近頃は見よう見真似で料理を始めた。しかし、何しろ危なっかしいのである。ビックスイだし、七分粥である。

ハムエッグはハムを焼いてから玉子を落としたため、ハムが黒く焦げてしまったし、ヒジキの煮付けは、水を入れて煮ただけだから(色が黒いのですでに味付けしてあると思ったという)、食べられたものでない。

自分たちが知っている簡単な料理を教えてやろう、と悪友三人で某日、押しかけた。なに、料理伝授の口実で、やもおを慰めに出かけたのである。私は乾麺のゆで方や、変わった食べ方を手ほどきした。やもおの友人が、いたく感心する。「世の中で何が美味といって、麺くらいおいしいものはないと思う」私は得々と礼賛した。

「食べ物で何が好きですかって問われると、ウソホラヨタ好き、って答えるんだ」「嘘やホラやヨタと食べ物は、どういう関係があるんだ?」友人たちが、けげんがる。

「ウは饂飩《うどん》で、ソは素麺さ。ホは、ホウトウ。山梨県の名物。ラは、ラーメン。ヨは夜鳴《よなき》蕎麦。タはタンメン、またはタンタンメン。スはスパゲッティ。キは名古屋名産のキシメンさ」

「ウソホラヨタ好き、か。なるほど。小説家らしいじゃないか。どういう意味かと聞かれて、説明するのが楽しいんだろう」

「皆、びっくりするよ。麺って、いろんな種類があるんですねえって。ひとしきり麺談議だ」

「びっくりと言えば」とくだんのやもおがビックスイの話題を持ちだした。

「今のがびっくり水だよ。いきなり麺の話に水を差す」仲間が言い、皆、大笑いした。

（２０１１年11月）

パリふうの食卓

青柳いづみこ

昔から、塊の肉を調理するのが好きだった。

牛すね肉や豚ばらの煮込み、ローストビーフ、鳥の丸焼き。

ピアノの修業でフランスに留学したときは、肉屋さんの店先で舞い上がってしまった。ほろほろ鳥や七面鳥、ウサギ、羊にイノシシなど、日本ではまずお目にかかれない塊たちがごろんごろんころがっている。

早速オーブン料理に精を出したことは言うまでもない。

帰国したら、肉屋さんの棚が薄切りや細切れ肉ばかりで悲しくなった。

今でも、たまにパリに行くと、キッチンつきのホテルに泊まり、スーパーで塊肉を買い込んでくる。

中でも好物は仔羊のジゴ（腿肉）と呼ばれる部位のローストだ。たこ糸でしばり、櫛形に切ったニンニクを刺し、ハーブでも適当に挟み込み、塩胡椒をしてオーブンで焼くだけなのだが、真ん中をうっすら桃色に残した肉に臭みはまったくなく、ディジョン産の粒マスタードをつけていただくといくらでもはいってしまう。

つい先ごろ、バスティーユのオペラ座通いをしたときは、鴨のドラムスティックの料理がおいしかった。最初はフライパンで焼いたのだが、少し固い。そこで、買い置きの緑胡椒のソースと飲み残しの赤ワインでことこと煮込んでみたら、これがなかなかいける。付け合わせは、やはり食べ残しの冷凍野菜のバタいため。

帰国してもその味が忘れられず、かわりに鶏の骨つきモモ肉でつくってみることにした。といっても、最近のスーパーは、ウィングスティックは置いているが、骨つきモモ肉はなかなか見つからない。昔ながらの鳥専門店でやっと手に入れてきた。

緑胡椒のソースもなく、エストラゴンのソースで代用する。赤ワインは国産のもの。

鶏にはこんがり焦げ目をつけ、ホールの赤胡椒をたっぷり入れて煮込む。鴨のように肉にしまりがないから、あまり長時間煮すぎないように注意。ソースをからめるために、ペンネといろいろなきのこをニンニクとオリーブオイルでいためたものを付け合わせる。

この日はちょうど主人の誕生日だった。前菜は、留学時代に出会ったソシソン・セック（ドライソーセージ）と田舎風パテ、いろいろな野菜のピクルス。近所のチーズ専門店でウォッシュ・チーズを買い、娘はアボカドのディップをつくった。

ブリュットのシャンパンを抜き、乾杯！

代用ずくめの煮込み料理は存外うまくいった。肉のふっくら感はそのままほろほろに柔らかくなり、フォークだけで簡単に骨からはずれる。

おいしいねー。うん、うまい。そんなつぶやきがきこえると、うまく弾けたコンサートのときと同じぐらい嬉しくなってしまう私である。


（２０１２年５月）

料理事始め

植島啓司

かれこれ四十年近く、食事はほとんどすべて外食ですませてきた。それでなんの問題もなかった。しかも同じようなメニューが続いてもかまわない。カレーライスとかならほぼ毎日でもだいじょうぶだと思っていた。以前、インドやネパールに調査に出かけたときも、みんなは毎食のカレーに辟易していたけれど、ぼくは嬉々としてスープまで一滴も残さず食べ尽くしたものだった。

それにはちょっとした理由がある。小さいころから肉・魚・野菜がキライという極端な偏食だったので、親はなんでもスープやシチューのかたちにして食卓に出してくれたのである。どんなに苦手なものでもカタチがなくなれば、子どもは簡単にだまされてしまう。特に水たきとか鍋物が大好物で、冬になると毎日のようにテーブルをにぎわせた。生れは大森だったけれど、うちはまるで両国の相撲部屋のようだった。

ぼくがもっとも好きな食材といえば、じゃがいも、たまねぎ、蓮根、かぼちゃ、さつまいも、とうふ、枝豆、そら豆などの豆類、ついでに、納豆とかいうことになるのだけれど、そう言うと、「よくそれで長い海外調査に耐えられますね」と聞かれることが多い。基本的に、ごはん、パンなど主食系は大好きなので、海外だとピザ、ナン、チャパティなどのお世話になるわけである。その類の食事、つまり、小麦粉をねって焼いたものはどこの国にでもある。ただし、エチオピアだけは例外で、ご存知の方もいるかもしれないけれど、あちらではインジェラというやや緑がかった茶色のピザ状のものが主食で、その原料となるテフというイネ科の穀物がなんとも奇妙な味がしてダメだった。見かけも雑巾みたいだし、酸っぱくて、匂いもよくない。たまにはそういうこともあったけれど、だいたいどこでもイタリアンはあるので、とんでもない窮地に陥ることはなかった。

そんなふうにして無事に人生が終わるはずだった。ところが、ここにきて急に料理に興味を抱くようになったのだから自分でも不思議でならない。家で原稿を書いたりしていると、なんだか気分が乗らないことがある。そんなときに料理ともいえないようなちょっとしたもの（ごはん、納豆、みそ汁、おしんこの組み合わせ）に手を出したのがきっかけだった。

先日、女性が二人うちに遊びに来てくれたので、ただワインとポテトチップスというのもつまらないからと、さつま揚げを切ってキャベツとニンジンと一緒にバターで炒め、しょうゆをジュッと回しがけして出したら、「まさかこんな日が来ようとは夢にも思いませんでした」と感激してくれたので、すっかり気をよくしてしまったのだった。たぶんそんなにおいしくはなかったと思うのだけれど、ついでにごはんまで食べて、大満足で帰っていってくれたのだった。センセイという職業はみんなを励まし元気づけることが第一なのだけれど、こうしてうちの場合はたいてい逆の立場に立つことが多く、次にだれか来たら何を作っておどろかせてやろうかな、とつい笑いがこぼれ落ちるのだった。

（2012年9月）

森羅サラダと魔女ドレッシング

桐島洋子

私が昔『文藝春秋』で働いていた頃、『暮しの手帖』の花森安治編集長が、わが親分の池島信平編集局長と大の仲良しで、よくふらりと遊びにみえた。ある日「ほいよ、出来立て」と手渡された『暮しの手帖』を開いた途端、「ポテトサラダは下《げ》の下《げ》」という激烈な大見出しにぶっ飛んだ。いろんな料理の端っこに頼みもしないのにグシャッとくっついてくる、あのポテトサラダなるものの品性を蔑んでやまない私だから、ああよくぞ言って下さったと共感の嵐だったのだ。

ただしポテトに罪は無く、排斥したいのはマヨネーズの方である。健康の大敵、トランス脂肪酸の巣窟だということが今や常識になったので、それみたことかと凱歌を挙げているのだが、テキはますます大活躍だ。マヨネーズが嫌ならドレッシングはどうかと言えば、これも滅多に気に入らない。近頃は出来合いドレッシングが百花斉放で、我家にも時折贈物として舞い込むが、たいてい妙に甘ったるくて相手にされない。

そもそも私はサラダに恋をしたことのない女だった。コンビネーション・サラダの姑息な画一性たるや、幼稚園お受験ママの清く正しい「制服」みたいで気恥ずかしいし、アメリカの食卓にドカッと現れる荒々しいグリーン・サラダなんて、「これマグサじゃん」と、見ただけでへこたれ、『野蛮なアメリカ人』という本でも書きたくなる。

そんな憎まれ口を叩いていた私が、最近まさにマグサ級の大サラダを毎日むさぼり食べる野蛮な女に変身したということで、やっと本題に入る。実はコレステロールの数値が異常に高く薬の服用を医者に勧められたが、私は筋金入りの薬嫌いだから、できたら食養生で済ませようと思い真剣なダイエット作戦に突入したのだ。

もともと野菜はいっぱい食べているが、敢えてサラダも重用し始めたのは、カナダの栄養学者で油の功罪に通暁したウド博士が必須脂肪酸のオメガ3と6を中心に処方した食養油「ウドズ・オイルブレンド」（加熱できないので料理には使わず、一日大匙一、二杯を薬として飲む人が多い）を美味しく服用するべく、私が考案した、「魔女ドレッシング」を使いたいからである。これは人参一本、玉葱一個、ニンニク一片、ビネガー一カップ、塩胡椒少々をフード・プロセッサーにかけて冷蔵（数日はもつ）しておき、サラダを食べる直前に必要量だけをウドズ・オイルと合わせる。野菜は有り合わせを総動員。ともかく野菜腹を張らせようという野菜丼で、御飯に相当するのが嵩高い千切りキャベツ、そして貝割れ、トマト、アボカドなどが常連。チコリやクレソンがあればさらに上等だし、サッと茹でたカリフラワー、ブロッコリー、インゲンなども結構だ。タンパク質として納豆やシラス。鰹のたたきやヒレカツの残り物を刻んで入れたのもよかった。香りつけに香菜、紫蘇、茗荷なども大歓迎。カリッと爽やかな食感のナッツ、特にキャラメライズした胡桃で甘味ちょっぴりのトッピングも嬉しい。これが私の昼食となる「森羅《しんら》サラダ」である。

（２０１２年10月）

レモンづくし

森 まゆみ

私のこよなく愛する食べ物はピータンと胡麻豆腐である。中華料理は前菜が好きで、くらげ、バンバンジー、チャーシュー、キュウリの酢漬けで紹興酒さえ飲めばいい。海鮮はイカ、タコ、エビ、カニの順で好き。だから旅をするなら海辺がいい。

一九九七年ごろから『「即興詩人」のイタリア』を書くために四年にわたり何度かイタリアに行った。デンマーク生まれのアンデルセンがブレンナー峠を越えて憧れのイタリアを旅し、そこを舞台に書いた、恋あり、決闘あり、逃避行あり、海難事故あり、即興詩人としての成功あり、の大活劇。それを若き日にドイツ語訳で読んだ森鷗外が感激して九年をかけ日本語に訳した。ややこしい話だが、日本の文語訳としては際立って美しく、文学史上、大きな影響を与えた。

この取材でも、ローマの代赭《たいしゃ》色の土壁と群青色に暮れ行く空を眺めながら、アンティパスト

（前菜）でいつまでも白ワインを飲んでいたものだ。そしてオリーブオイルにも様々な味のあることを知った。いい塩とレモンとオイルだけで野菜もタコもいかにうまくなるかを知った。プンタレッレというほろ苦い野菜を知った。なぜかいつも五月で、雨は一滴も降らなかった。

南イタリアに行くと、山の緑の葉陰にレモンやオレンジが点々と灯火のようにともっている。まるでお祭りのランターンのようだ。そしてこのへんまで来ると、私にとって一番おいしい飲み物はワインではなく、清冽なレモンジュース、オレンジジュース。街角のいたるところには半割にした果実から機械でジュースを搾り出すスタンドがあった。

おなじく南への憧れを歌ったゲーテの『ヴィルヘルム・マイステルの修業時代』に「ミニヨンの歌」がある。

レモンの木は花さきくらき林の中に
こがね色したる柑子は枝もたわゝにみのり
青く晴れし空よりしづやかに風吹き
ミルテの木はしづかにラウレルの木は高く
くもにそびえて立てる国をしるやかなたへ

君と共にゆかまし

（森鷗外訳『於母影《おもかげ》』より）

ナポリの港町で銀色の器にのったレモンジェラートを食べた。生涯、あんな濃い味のシャーベットを食べたことはない。食後にはレモンチェロという甘い酒を飲んだ。それからレモンを見るたびに、ソレント、アマルフィ、サレルノ、ナポリあたりの青い海と青い空が眼裏にうかぶ。先日ニューヨークに行ったらイータリーといってイタリアの食材を売りながら食べさせるマーケットがあった。ここで私はレモン味のオリーブオイルを買って来た。毎日のように、サラダはもちろんのこと、生シラス、生桜えび、明太子、タコ、イカにたらして食べている。サッカーの中田英寿選手のいたパルマ産と聞けば、パルミジャーノチーズやハムのおいしかったパルマを思い出して、また五月のイタリアに行きたくなってしまう。

（2012年10月）

マダイの干物

嵐山光三郎

60歳になったとき、東京湾の走水《はしりみず》のアジを釣って干物を作った。走水のアジは浦賀水道の急流、水深70メートルにいて、すばしっこいから船を出して釣るしかない。そのへんをフラフラ泳いでいるボンクラアジとは格が違う。大分の関アジが有名だが、走水のアジはもっとうまい。早潮によって身がしまっている。釣ったアジを船上で開いて、歯ブラシで腹の部分をこするところが船上干しのポイントで、脂肪や汚れをとる。

それを塩水に30分ほど漬けるのだが、海水をはったポリバケツにひと握りの塩を加える。この塩加減が難しい。サツマイモを輪切りにして、浮きあがったくらいの濃度がいい。ほどよく塩がアジの身にしみこんでいく。

塩水に漬けたアジの開きの頭を洗濯ばさみではさんで、船上にはったヒモに吊るしておくと、沖揚がりするときはアジの干物が仕上っている。カモメが船の上を旋回して干物を狙うから、網のさきで追い払うことも忘れない。海風を浴びた干物は、そりゃもう、全身がよじれるくらいうまい。ほのかな塩味で、アジの身のふんわりとした食感と香りがセクシーだ。

一度この干物の味を覚えるとやめられなくなり、新島へ行ってシマアジを狙った。シマアジのアタリはゴゴゴーンと強力な引きがあって竿をとられそうになった。1・5キロのシマアジは、開いてから40分ぐらい塩水に漬けて干した。天然シマアジは通称テンシマといって、寿司屋の高級ネタである。テンシマと称して、じつは養殖もののシマアジを出す店が多い。

そのシマアジを干物にしてしまうところにエクスタシーがあるのです。この干物は、どこの魚屋でも売っておりません。

いろいろ試したくなって、イサキ、キス、ヒラメ、カサゴ、タチウオとやってみた。こうと思うとやめられなくなる性分で、干物にするとお刺身とはまた違った味が出てくる。船上干しした干物を持ち帰って、冷蔵庫に入れて3日間熟成させると旨味がますこともわかった。

日本海の上越沖では2キロのマダイが釣れる。タイは好奇心が強く、すぐ寄ってきて仕掛けの様子をさぐるのだ。歯が鋭く、へたをすると指を噛み切られてしまう。口が松本清張の唇みたいにぶ厚く、潮通しのいいところを悠然と泳いでいく。

出刃庖丁を使わないと、マダイは開けません。まず、ウロコを丁寧にとって、硬いかぶとをスパーンと二つに割り、中骨ぞいにゆっくりと開いていく。背開きにする。内臓を海に捨てると、小魚が寄ってきて食べます。

マダイは脂がびっしりとのっている。一本90円の歯ブラシで身の内側をみがいていく。黒い血あいをこするとピンク色の身があらわれる。淡い塩水に50分ぐらい漬けるといい味になる。魚の大きさによって塩加減を変える。ピーカンでよく晴れた日よりも、薄曇りのほうが上等品になる。干物は知りあいの料理店で焼いて貰ったが、でかいので手こずった。焼きたてのマダイの干物は、ひと口ほおばるとオオオオーッと唸るほどおいしい。

（2012年10月）

世界で一番旨い鰻

青山　潤

　陽光を照り返す穏やかな海面に、緑濃い島々が浮かぶ宮城県の松島湾。言わずと知れた日本三景の一つである。昭和三十年代あたりまで、ここは我が国有数の鰻の漁場だった。ものの本によれば、初めて鰻を駅弁に供したのは、明治四十年の東北本線小牛田《こごた》駅であり、信仰に因んだ鰻の話は東北地方に集中している。深く、温かく、そして静かに鰻を見つめてきた東北の人々の視線が感じられる。

　あの日、東日本太平洋岸を襲った津波は、宮城県石巻市西部を流れる旧北上川のほとりに建つ二軒の老舗鰻屋にも押し寄せた。どちらも大正初期から続く、歴史に磨かれた良い料亭である。それぞれを取り仕切るのは、老舗の格式をしっかり胸に刻み込んだ、三代目にあたる主人と女将だった。

　あの店は、あの人たちは無事なのだろうか……。

新聞やテレビを通じて伝えられる悲報に、手も足も出ない己の無力さを呪う日が続いた。そんな時、

「来る四月二十八日は春の土用の丑の日です。我々、うなネット宮城は、被災した皆さんに元気を出してもらうべく、石巻市で鰻弁当の配布を行います」

という知らせが届いた。差出人は、宮城県内の鰻屋が組織するグループである。そこには仙台市内の名店と並んで、石巻のあの二軒の名前があった。津波に呑まれた店は惨憺たる有様だが、なんとか無事でおられたとのことだった。

機能を失った商店街の一角に、名だたる鰻屋の主人と職人がズラリと顔を揃えた。どの店にも相当の被害が出たと聞いた。それでも、「できるだけ本格的にやりたいんですよ」と、携帯コンロや備長炭まで持ち込んでいる。石巻の二人も凜と背筋を伸ばして、列をなす被災者の方達と言葉を交わしていた。

年季の入った団扇に煽られた備長炭が赤々と熾《おこ》り、鰻から染み出た脂がじりじりと昇華してゆく。打ちのめされた町並みに、一流の手による鰻の香ばしい匂いが漂い出すと、人々の輪に笑顔が広がっていった。炊きたてのご飯と焼き上がった蒲焼きを発泡スチロールの容器へ詰める人、出来上がった弁当をビニールで包む人、全体を取り仕切る人、そして鰻が焼き上がるの

を待つ人々。そこにいた誰もが、よそ者には想像すらできない重荷を背負っていたはずだ。それでも、どの顔にも晴れやかな笑顔が浮かんでいた。列の中にいた老人が、泥に汚れた手で目頭を拭いながらつぶやいた。

「あぁ、こんな贅沢な気持ちは久しぶりだなぁ」

蒲焼きから立ち上る煙が、無惨に破壊された石巻の空をグイと押し上げていた。

あれから一年半が過ぎた。「すでに」というべきか、「わずか」というべきかわからない。しかし、ぐっと歯を食いしばり、厚く積もった泥の中から力強く立ち上がろうとしている石巻の二軒、そして宮城の鰻屋には喝采を送るしかない。その意地と心意気は、今後、東北の鰻の味にますます磨きをかけるに違いない。

（2013年1月）

梅酒

佐々涼子

母はどこをとっても、きちんとした主婦だった。そんな母に育てられた私は、ずっと「丁寧に暮らす」ということがいやでしかたがなかった。つまらない人生に見えたのである。

子どもには手作りのお菓子を食べさせ、掃除をし、洗濯をし、じっと家族の帰りを待つ。小さいころは毎日のように絵本の読み聞かせをしてくれた。でも私には、家は母を縛り付けているものでしかないように思えた。

主婦の生活ってなんて退屈。家が汚れたらきれいにする。そしてまた汚れる。きれいにする。ごはんを作る。ごはんを食べる。ごはんを作る。ごはんを食べる……。家族を待つ。家族が帰ってくる。家族が出かける。家族を待つ……。

気の遠くなるほどのルーティン。楽しい？　若いとき、そう聞いたこともある。母はさびしそうな眼をしていたっけな。

私は子どもを育てながら日本語教師として働き、転勤する夫について各地を転々とし、その後ライターになって仕事に生きがいを見つけようとしてきた。そこにこそ、生きる希望があると思っていたのだ。でも個性が強すぎるのか、わがままなのか。雑誌で定期的に書かせてもらえるライターではなく、単行本の企画があれば呼ばれ、私に向いている企画があれば呼ばれという、江戸時代の浪人みたいな不安定な仕事をしている。それは今もちっとも変っていない。自由で変化ある生活。でも、積み重ねも確かなものも何もなく、いきあたりばったりで、居場所もない。風通しはいいがすうすうするし、気づかないふりをしていても、孤独はひたと影のようについてくる。

一瞬人と出会い、その人を書き、別れ、一瞬人と出会い、書き、別れ……。

時々、生きるということに倦む。

そんなある日、実家に行くと、母が漬けたという十年ものの梅酒を父がもたせてくれた。母は八年前から難病にかかり、今は瞼ぐらいしか自力で動かせない。父は梅酒を、二十歳になった私の息子と飲めという。それは、息子が小学生のとき漬けたものということになる。私は深い琥珀色の液体を息子のグラスに注ぎながら、母の堅実な生活の「確かなもの」をそこに見た。

楽しい？　母にいつか聞いたその答えが、思いもかけずグラスの中に入っていた。

大みそか、映画『レ・ミゼラブル』を見る。幼いころ、私を本好きと見た父がうれしそうに買ってきた『ああ無情』を思い出した。母の読み聞かせがよかったのか、私は本を読むのが速かった。『イワンのばか』『野生の呼び声』『青い鳥』『トム・ソーヤのぼうけん』。父が買ってきた本の背表紙のラインナップを思い出しながら、私もまた、父と母によって文学の世界を漬けこまれた梅酒のようなものではないか、と思った。

長い時を経ないと、人の営みの本当の意味はわからない。私は映画のラストシーンに歌われる『民衆の歌』を聞きながら、心の中で「ブラボー」とつぶやいていた。

（2013年3月）

赤ちゃん療法

いしいしんじ

うちの園子さんは日にごはんを三合食べる。お櫃からしゃもじでじかに食べている様はまるでオバケのQちゃんである。それでいて、高校生以来の最低体重を、四十五歳のいま更新している。食べた余剰ぶんすべて、白い米は白い母乳に変わり、二歳になる息子のからだに注ぎこまれる。

出産前から、食事に気をつけていた。もっとも、おいしいおっぱいの源は、その土地のひとが連綿とそこで食べていたもの、つまり日本なら、ひじきやわかめ、かぼちゃに大根、それに玄米、要するに戦前の一般家庭の食卓に、日々並んでいた献立。年齢のこともあって、産まれてすぐには、お乳がでなかった。それでも根気よく、マッサージに通い、ごはんを大量に食べ、そうして三カ月が経つころには、ナイル河の源流のように、こんこんと豊かなお乳が湧きでるようになった。

おいしい母乳をもらうと、当然、乳児は元気に育つ。元気な乳児はごくごくと母の乳房に吸い付き、そのため、乳腺はいっそう刺激され、滋味のある乳を噴出させる。母親と乳児は、たがいのからだの芯同士、太い信頼の綱で結ばれ、そうなると暮らしの時間そのものがおだやかに波打ち、夜泣きしたり、激昂したり、いきなりテーブルの上でかんかんのうを躍りだしたり、といったことがまったくない。病気をしても、たとえば一歳十カ月のとき、夏風邪で口中に水疱ができ、ひどく痛むらしくスープさえのみこめず、育児書などみると水疱が引くには一週間かかるとあり、気をもんでいたところ、三日目の夜にはケロリとした顔で蒸し豚を口に放り込んでいた。熱をだしても「日にち薬」どころか、翌朝にはたいてい平熱に戻ってしまう。

父親である僕の身にも変化がおきた。まず、僕だけ毎日お好み焼きや串カツをむさぼっているか、というとそんなわけはなく、いっしょに住んでいるのだから、おっぱい対応の、昔ながらの日本人食ばかり口にはいる。昼以降、自分の身はすべて園子さんと息子のために空けておくため、毎朝、暗いうちからひとり起きだして机に向かい、そうなると前夜に深酒などしていられない。せいぜい中瓶のビール一本。寝酒に冷やを一合。

息子が一歳になるころ、会うひと会うひとに「痩せたね」といわれた。「だいじょうぶか?」ともきかれた。「はあ、体調はいいほうですが」とこたえ、週に一、二度かよっているスポーツジムで体重をはかると、なるほど、僕のほうも、高校生以来の最低体重を切っている。「痩せている」のが、すべていいことだとはまったく思わない。「痩せろ痩せろ痩せろ」と、呪いをかけてくる広告や記事は、ページを破って鼻かんで捨てたいくらいだ。ただ、そのときどきで揺れ動く、適正体重というものはあるだろう。赤ん坊の生育は、鏡のように、育てている両親のからだに映りこむ。ちょうどいい重みで、地面を踏んで歩きたいなら、母乳の湧きでるからだを、家庭内に入れればよい。いろいろな事情で叶わなければ、別のかたちでの生命の育み、たとえば釣りや、農作業、家畜の飼育に手をつけてみてはどうだろう。

（２０１３年４月）

ヘネちゃんとナポちゃん

立川談春

我が師、立川談志は好んでラーメンを食べることがなかった。

「ラーメンなんてものは堅気の食い物じゃなかった。夕飯は家で母親や女房が拵えたものを食う。作ってもらえない独り者や、家族の無い奴等が仕方なく食うのがラーメンなんだ」

この言葉の意味が俺たちの世代には辛うじてわかる。母が寝坊をし、弁当を作る時間がなく、パン屋でサンドイッチを買ってくれて幼稚園で食べた。フルーツサンドの中身はイチゴとミカンと生クリーム、あの味は一生忘れない。嬉しくて、美味しくて、毎日サンドイッチがいい、と夕食の席で言ったら父の顔色が変わった。激怒した。「薄みっともない真似しやがって！」。たまには店屋物が食べたいと言う小学生の俺に向かって母の台詞はいつも同じで、「みっともないからよしとくれ」だった。戦争を経験した世代には恥の文化が残っていた。

時は流れて、談志は亡くなり、母はボケかかって、俺には弟子がくるようになった。この弟子たちに、みっともない、が通じない。修業時代であるから貧乏でいつも腹をへらして、と思うのはどうやら間違いであるらしく、その原因はと調べればコンビニであった。おにぎり、麺類は言うに及ばず、カレー、弁当、サラダ、果てはマーボー丼なんてものまであって、これが笑っちゃうぐらいに安い。不味いんだろうと一度食べたら驚くくらいに美味い。きっとお母さんが作るより美味い。そりゃ新婚家庭から庖丁や俎板が無くなるわけだ。作るより安くて美味いんだもの。弱ったもんだ。落語の登場人物たちの価値観、そのバックボーンとなっているのは、人情という言葉で美化された連帯であり、飢えと寒さであり、つまりは貧乏である。そこから派生して死生観まで辿り着く。現代において貧乏は求めて経験するもので、その為の前座修業といっても過言でないのに、飢えも寒さも恥もない。落語家になるのも大変な時代、なのである。

我が家の大家さんは東京の一等地に立派な庭と広大な畑を持っている。そこに立派な梅の実が生る。収穫が大変そうで手伝いに弟子をやった。梅の実をたくさんくれたので梅シロップを作った。梅と氷砂糖を一キロずつ、米酢を二百ミリリットル、四週間漬けてできあがり。ソーダで割ると絶品である。到来物の洋酒にも漬けちゃった。カミさんが洒落で、ヘネちゃんとナポちゃんと名付けた。五年物である。この話を銀座の酒だけ売るバーで話したら、相手は間髪を容れず買うと叫んだ。立派な売り物になるという。ならばというんで、家で独りで調合してみた。ヘネちゃんとナポちゃんの割合を少しずつ変えてみる。気分は一流ブレンダーだ。安い遊びである。でも豊かな遊びだ。梅酒は御神酒になると聞いたから、ブレンダーごっこは正月にやる。そんな師匠を眺め入りながら、弟子たちは高野豆腐と椎茸の煮物を先を争って食べている。どんな豪華なお節より、そんな家庭料理に飢えているんですとほざく。望む形ではないが伝統は受け継がれている、か？

（2013年4月）

台所天国

村田喜代子

自分の畑を持っている人を見ると羨ましい。地面の下から春夏秋冬、食べ物が生えて来るのである。種を蒔けば出て来るのは当たり前だけど、デパートやスーパーの野菜売り場しか利用しない者には、青々とした畑は何といっても感動的な光景だ。

犬の散歩をしていると、近所の人が畑から片手に大根をぶら下げたり、帽子にトマトを入れたりして、

「持って行きませんか」

と言われることがある。私は両手に貰って帰る。犬は自分の紐をくわえて後からついて来る。畑の人が差し出す泥にまみれた片手は美しい。生白い人の手の指みたいなミョウガが五、六本。淡いうぶ毛が引っかかるような大葉ひと盛り。完熟トマト二個。みんな足元の黒い肥えた土から出て来たものだ。

他人の畑作りは羨ましいが、私は元来のめり込むと熱中するたちなので自分では手が出せない。結婚して子どもが生まれるとミシンに凝って昼も夜もなく、パン作りに目覚めると一日台所にいた。イースト菌が市販されてなかった時代で、パン屋に分けて貰った。十一歳から書き始めた文章を、はたち過ぎから十年余りも放っていたのは、ひとえにそのせいだ。

作家としては遅く出発したので、私は楽しみ事はほどほどに、仕事をしようと思っている。もう何か作るのはやめた。それで小説が出来上がって単行本になると、署名をして袋に入れて、野菜を分けてくれた人に、

「うちで出来ました」

と持って行く。自家製を配るのは良い気持ちだ。大粒の紀州梅の柔らかな皮が破れないよう、上手に漬ける人には一冊の本でいいのだろうか。上手な梅干しを漬ける手は宝物だ。

ところで、畑も作らず梅干しも漬けない私が、今年の初夏から台所で始めたことがあった。時期もちょうど良い、糠漬けである。以前よく作っていたが、旅行などが入って長続きしなかった。糠漬けは場所も取らず、片手が一本入るほどの広口瓶があれば出来る。カメのようなたっぷりの容器より、縦長の瓶の方が底の空気を摑み取って返すには具合がいい。

発酵の助けに、毎日飲んでいる液体酵素を混ぜたりして朝晩手入れするうち、フタを開ける

と深い香りが立つようになった。私の祖母が「手には苦手と、甘手《あまて》がある」と言っていたのを思い出す。どんなに掻き混ぜても糠床が不味くなる手があるという。祖母の手がそれのようで、ついに糠漬けは作らなかった。

本当にそんなことがあるのかと不思議だったが、何かの本で人の手には常在菌が棲み着いているのだと知った。その菌が糠床を美味しく発酵させる。祖母の手の菌は苦かったのだろうか。しかし人の体に棲む常在菌は、大病などすると手術や薬で減るという。私は二年前にガンの治療をした。おかげで今は元気であるが、手の菌はだいぶ減っているのではないかと案じていた。でも大丈夫。糠漬けは盛夏と共にどんどん美味しくなっていく。私の体も常在菌の自家生産に励んでいる。

（2013年9月）

おめでたい人間

小池真理子

毎日、毎日、ごはんを作っている。いやだ、いやだ、めんどくさい、なんで毎日ごはんを作らなくちゃいけないんだろう、もう飽きた、うんざりだ、などとぼやきながら、それでもごはんを作り続けている。

軽井沢に居を移して二十三年目になる。仕事などで東京に出向くのは今も昔も、平均して十日に一度程度。取材で遠出することもあるが、さほど頻繁ではない。編集者が訪ねて来れば外食するが、それとて連日のことではないから、つまり、ほとんどの食事は自宅でとっている計算になる。

しかも、わが家でごはんを作ることのできる人間は私しかいない（腹立たしいことに夫は何もできない！）。したがって、私が食事係になるのは致し方のないことであり、文句を言っても今さらどうなることでもないのだが、これが実にふしぎな精神構造を伴っていて、自分でも可笑しくなる。

いやだいやだ、めんどくさい、とぶつくさ言いつつ台所に立つのは日常茶飯で、執筆がうまく捗っていない時などは心底苛々するのだが、一方で告白すれば、私は自分が作ったものがこの世でいちばんおいしい、と思っている。どんな高級レストランの食事よりも、自分が作る肉じゃがやミネストローネスープ、けんちん汁やカブの糠漬け、切り干し大根の煮つけやキノコソースのハンバーグのほうが、数段おいしい、とおめでたくも思えるのだから、これはもう、どうしようもない。

わが家の食事は日に二度で、朝は遅めにとるためにブランチになるのだが、このブランチの際など特に、朝から何をそんなに張り切らなくちゃいけないのか、と自問したくなるほど、私は活躍する。ワンプレートランチのようにして、大きめの角皿に季節の煮野菜の自家製トマトドレッシングかけ、マッシュルームと玉葱、小さく切ったソーセージを混ぜた小ぶりのオムレツ、食べやすくカットしたフルーツ、焼きたてのマフィン、チーズなどを手早く、可愛らしく盛りつける。加えて、毎朝、欠かさず食べている納豆、牛乳、ヨーグルト、入れたてのコーヒーを食卓に運ぶ。猫の絵のついたランチョンマットにそれらを形よく並べ、自己満足に浸る。

世の中に、こんなにおいしいブランチを食べている人がいるだろうか、とまたしてもおめでたい人間は、度し難くおめでたいことを考える。ついでに「もしこれをレストランで提供するとしたら、いくらになるだろう。八百円？　いや、千円払っても惜しくない、と言ってくれる人がいるのではないか」などと思って悦に入る。窓の外の木々や光を眺めながら、「ああ、おいしい。やっぱり自分が作ったものがいちばん」と満足しながらフォークを動かす。

にもかかわらず、夕暮れになり、執筆をいったん中断して台所に立つころになると、またしても私は、ああいやだ、いやだ、ごはんを作らなくちゃいけない、とぼやくのである。その繰り返しを続けて、いったい何年が過ぎたことだろうか。

（２０１４年１月）

夫で作家の藤田宜永さんは２０２０年逝去されました（編註）

餅とストーブ

大貫妙子

両親が亡くなって、ひとりになった家は朝が寒い。子どもの頃は、家の中でも吐く息が白かったのを思いだす。

ずっとふとんにもぐっていたいけれども、外の猫もお腹が空いているだろう。ふとんの足下はまだあたたかい。岐阜県多治見市でつくられた陶器の湯たんぽをずっと愛用している。うすい中綿が入った紺色のコール天の袋に入れて使っている。

今日は出かける用がないのですっかり寝坊してしまった。

「う～、さぶさぶ……」と呟きながらストーブに火をつける。ぐるぐると芯を出して点火させるトヨトミ製を使っている。以前はアラジンのストーブを使っていた。

アラジンはイギリスで開発された石油ストーブで、一九五七年にヤナセが輸入代理店となって国内販売を始め、六〇年、『暮しの手帖』による石油ストーブ性能評価で最優秀と評価されてから急速に普及した。青い炎がきれいでデザインも好きだったが、わたしの使っていた古い型のものには耐震機能が付いていなかったので、地震のあと買い換えた。

週に一度はポリタンクをいくつか車に積んで、灯油を買いに行く。重い！　腰を痛めないように丹田に力をこめて家の中に運び入れる。ここのところ灯油の値段も高いが、炎のゆらぎが好きだし、エアコンより断然あたたかい。

もし停電しても、このストーブさえあれば大丈夫と思いながら、ガウンをまとい、水の入ったケトルをストーブにのせる。

昨年末に、ご近所でついたおもちをいただいた。「機械でついたものだけど」ということだったが、それが近年まれにみるおいしさだった。滑らかでよくのびる、というものではなく、焼いてももちもち米の感触が残っていて、のびないのだけれど弾力があり、米のほのかな甘みが口の中にひろがってゆく。どうしたらこんなにおいしいおもちになるんだろう。

毎年いろいろなおもちを買ってみたけれど、機械でついたものとはいえ、やっぱり手作りにまさるものはないとあらためて感激し、もう数個しかなくなってしまったおもちを今日も大切に食べる。

炭を熾《おこ》し、火鉢に網をのせ、おもちを焼いた頃が懐かしい。弟とじっと眺めながら、「ぷ〜

っとふくらむまで、待つんだよ！」「こげるよこげるよ！」「だめ、まださわっちゃ」なんて言いあった時間。

世の中が便利になればなるほど、それに抗おうとしたくなる。炭も火鉢もあるのだから、ひとりでもそんなふうにおもちを焼いてみる心の時間を取りもどせるといいのだけれど。

火を手に入れたことで、わたしたちは料理を手に入れた。火はお盆の送り火からオリンピックの聖火にいたるまで様々な意味を持ち、つねに生活のまわりにある。その源は太陽にあり、寒い季節にわたしたちをあたためてくれる贈りものだ。

ちんちんとやさしい音を立てているケトルの湯でお茶を入れ、静かにストーブの火を眺めるうち、寝坊した朝がゆったり過ぎてゆく。

（２０１４年３月）

緑、赤、白色のメニュー

斎藤由香

「由香は健康だけが取り柄だ」といつも父（北杜夫）から言われた。それは勉強がダメなことと裏腹なのだが、確かに入社以来一度も風邪で会社を休んだことがない。いつも体調万全。それほど健康に気を遣っているわけではないので我ながら不思議だ。今にして思えば母のお陰だ。朝ドラの『ごちそうさん』ではないが、小さい時から食事をすごく大切にしてくれていた。

その昔、母は父と結婚する前、ハンブルクで暮らしたことがあり、ドイツの黒パンやチーズ、ソーセージ、サラミの味を覚えて帰国した。昭和四十年代の日本はフレッシュチーズもソーセージもないような時代で、チーズと言えば硬いプロセスチーズばかり。母はその味が恋しくて青山の紀ノ国屋スーパーマーケットに本場のソーセージやチーズを買いに行っていた。したがって食卓の思い出は洋食が多い。登校前の朝食にはハチミツがたっぷりかかったフレンチトーストやオニオングラタンスープ、夕食にはミネストローネスープとラザニア、ミートローフなど子供が喜ぶメニューばかりだった。

そして必ず、「緑色、赤色、白色を食べなければダメよ」と言う。緑色はほうれん草のソテーやブロッコリー、赤色はトマトサラダや人参のグラッセ、白色は白菜のソテーやじゃがいもスープなどである。ワカサギのフライを作ると「カルシウムが摂れるから尻尾まで食べて」と言われた。骨付きの鶏肉を煮込んで塩・胡椒をピリリときかせたチキンスープも母の得意料理だ。コラーゲンたっぷりで栄養価も高い。昨今、新聞や雑誌で生活習慣病の記事や食生活の大切さを読むと、つくづく母の食育に感謝しなくてはならないと思う。

そんな私が母の手料理を継承しているかと言えば、大して得意料理がない。しかも、昨年、一人息子が社会人となり、大阪に行ってしまってからは夫婦二人の生活になってしまった。張り合いがなくなり、冷蔵庫には必ずあったソーセージ、卵、チーズ、ジュースもなくなった。不規則な時間のダンナに作るのも面倒だからと、平日は全く作らなくなり、友人や後輩を誘っては外食をしていた。「洋服がきつくなったな」と思って一年ぶりに体重計に乗ると、なんと六十キロになっていた。しかも三段腹である。もはや「健康が取り柄」の年代は過ぎている。

そんなわけで最近は痩せるために野菜スープを作るようになった。朝出勤前に、電気鍋にキャベツ、人参、じゃがいも、玉ねぎ、ウインナー、トマトジュースにコンソメ、塩・胡椒を入れてセットすると、帰宅した時にはスープが出来上がっている。白菜や大根スープだけでなく、最近はビーフシチューや参鶏湯《サムゲタン》などのメニューも増えた。野菜スープのお陰で、ようやく少し体重が落ちた。毎日の食生活の大切さを実感する日々。そしてふと気づいたのが、一生懸命、母と同じ味を追求しているのである。幼い頃から味わっていたミネストローネスープやチキンスープの味が、今また甦っている。スプーンを口に運ぶと、父と母との楽しかった昔が思い出される。

（2014年5月）

わっと煮立ったら

皆川博子

所帯を持ってから六十年余りになりますが、結婚当初このかた、いまだに作っている、たいそう簡単なレシピがあります（まだ、レシピという言葉も使われていませんでした）。

みじん切りにした葱と唐辛子の輪切りと挽肉を炒め、火が通ったら醤油を入れ、醤油がわっと煮立ったら、豆腐を入れて、しゃもじで突き崩しながら炒める。

これだけです。〈麻婆さんのとうふ〉と題されていたように思うのですが、記憶違いかもしれません。教えてくれたのは、『暮しの手帖』という雑誌でした。「わっと煮立つ」という感覚的な表現は、その記事に記されていました。

麻婆豆腐というものが世にあることを、初めて知りました。つれあいも、初めて食べたと言って、美味しがりました。戦前生まれの戦争育ちですから、身につけている手料理は、ごくわずかでした。

『暮しの手帖』のおかげで、レパートリーを増やせました。それまで親がかりだったのを、二人だけで暮らすことになり、失敗だらけでした。つれあいのズボンにアイロンをかけ見事な焼け焦げを作り、炬燵の行火を直に置いて畳に丸い穴をあけ、なんとも危なっかしい暮らしぶりでした。父の知人の持ち家を格安に借りたので、一軒家ではありましたが、東京も西のはずれの畑地で、ガスも水道もひいてなくて、料理は電熱器と七輪です。外の井戸の上に水槽が据えてあり、つれあいは、出勤の前にポンプを漕ぎ、井戸水を水槽に満たしてくれます。台所の蛇口をひねれば水槽の水が出るようになっていました。風呂がなく、銭湯も近くにないので、つれあいの姉の家まで遠出し、貰い風呂でした。冬の朝は寒いので、枕元に電熱器を置き前の晩に作っておいた味噌汁の鍋をのせ、二人とも蒲団に入ったまま、うつぶせに顔だけ出して朝ご飯をとるという、お姑さんがいたら即座に追い出されるに違いないことをやっていました。

……が、ご飯はどうしていたのかしら。電気釜という便利なものはなかったのに。洗濯機はもちろん電気冷蔵庫もまだ普及していなくて、盥《たらい》と洗濯板で揉み洗いですし、冷蔵庫は大きな氷で冷やすものだったのですが、そのあたりのことは、まるで忘れてしまいました。

今は、もったいないほど暮らしやすくなりました。蛇口からはお湯が出る。洗濯は乾燥まで機械がやってくれる。人の寿命は五十年と言われて育ったのに、思いもよらぬ長い時を与えられたのは、便利になったおかげもあります。そのほとんどが電気に頼っていることを思うと、複雑な気持ちにはなるのですが。いったん電気が絶たれたら、もう、暮らしが成り立ちません。

食事作りも楽になりました。食材は豊富だし、調味料も和洋中華、東南アジアのものまで手に入り、ネットで調べれば、即座に多種多様な料理法を知ることができますし。

それでも、いまだに、『暮しの手帖』でおぼえた簡単この上ない〈麻婆豆腐〉は、私の得意料理のひとつです。

（２０１４年７月）

水まんま

池上冬樹

先日、各都道府県の食の習慣などを紹介するテレビ番組「秘密のケンミンＳＨＯＷ」を見ていたら、「全国お手軽グルメ祭り」という特集を組んでいた。どこの県にも美味しくいただける簡単な料理があるものだと感心して、ますますベスト3、なかでもベスト1はなんだろうと期待が高まっていったのだが、第一位を見てびっくりしてしまった。なんと山形の「水かけご飯」なのである。

僕は生まれも育ちも山形で、ずっと山形市に住んでいるから、「水かけご飯」がうまいのはわかっている。わかっているけれど、ベスト1はないのではないかと思う。せめてベスト5あたりがいいのではないかと謙虚に考えてしまう。

そもそも水かけご飯というのは、残りご飯を水道水で洗って、水道水に浸して漬け物と一緒に食べるという、まことにシンプルな、というか、いったいそのどこがグルメなんだ？　と突っ込まれそうな食べ物（食べ方）なのだけれど、山形の真夏は暑いから（ご存じのように、二〇〇七年に埼玉県熊谷市と岐阜県多治見市に抜かれるまで、山形市は七十年以上も最高気温の記録を保持していた）、それはそれで美味しい。

ただし、もっとうまかったのは、少年時代に、ざるにご飯をいれて、井戸端で冷たい井戸水にさらして、ものすごくしょっぱい漬け物（茄子漬けか胡瓜漬け）をかじりながら、わしわし手づかみで（！）食べたときだ。夏の盛り、真っ黒になって遊んだあとなど、喉と腹を涼しくみたしてくれた。こんこんと井戸水が湧き出る井戸端は涼しく、その水はとてもやわらかく冷たく、ご飯粒はしまり、歯ごたえがあってたまらなかった。

余談になるけれど、われらが斎藤茂吉も、夏に出羽三山にいったときに、こんな歌を詠んでいる。

・月山《がっさん》の山の腹より湧きいづる水は豊けし胡瓜を浸す

・わが家より持ちて来りし胡瓜漬を互《かたみ》に食ひぬ渓の川原に

さぞかし月山の水に浸した胡瓜漬けはうまかろう。ご飯も水飯《みずまま》にして食べたのではないだろうか。それが普通だった。

テレビ番組を見るまで、てっきり水飯（僕の地域では〝みずまんま〟とよぶが）は、日本全国どこでも食べていると思っていたのだが、違っていたんですね。テレビに出ていた山形人は、家のなかで、あきらかにクーラーのきいた部屋で食べていたが、温度調節された部屋で、水道水をかけたご飯と、塩分少なめの胡瓜漬けでは、体には良くても、もうひとつうまくはないような気がする。箸で食べるのも野趣がないではないか。

水量は減ったけれど、いまだに井戸水は自噴している。残念ながら、土質が変化したのか、いつのまにか金気が強く、黄色くなってきて、ただ流すだけになっている。もう飲めないし、とても「水まんま」を食べる気持ちもおきない。考えたら、だらだらと汗をかいて走り回ることもなくなった。昔に戻りたいなどと思わないたちだが、テレビ番組を見ていたら、もう一度少年時代に戻って、わしわしと食べてみたい気持ちになった。

（２０１４年７月）

お弁当に詰められたもの

髙橋秀実

子供の頃、私の母がつくってくれたお弁当は、それこそ栄養満点だった。横浜大空襲で家を失い、その後の食糧難を拾い集めた小麦粉などで乗り越えてきたからだろう。「とにかくたくさん食べなさい」という気迫に満ちあふれていたのである。

ごはんもおかずも超大盛り。それをアルマイトの蓋で押し込むように閉じるので、いただく頃にはちょうどテリーヌのように固形化していた。テリーヌは大袈裟かもしれないが、ごはんなどは富山名物、鱒寿司のように箸で切り分けて食べなければならないほど強固だったのだ。

どうにかならんものか……。

子供心に私は思い悩んだ。同級生のお弁当をさりげなく覗くと、おかずが輝いている。筍が直立し、タコのように細工された赤いウインナー、黄色い卵焼きが二切、整然と並んでいる。その鮮やかな色どりと余裕を感じさせる佇まいが、私は羨ましくて仕方がなかった。せめて、ごはんとおかずの間に仕切りを入れてもらえないか。おかずもプラスチック製の葉っぱのようなものを挟んで区分けするとか、アルミホイルで包むとか。まわりのみんなは「あっ、それ美味しそう！」とおかずの交換などをしているが、私のお弁当はすべてが一体化しているので交換もできないではないか。しかし食糧難の話をいつも聞かされていたこともあって文句も言えず、言えない分、込められた愛情がさらに重くのしかかるようで、お弁当の時間はお腹とともに胸が詰まるようだったのである。

やがて私は結婚し、今度は妻がお弁当をつくってくれた。彼女のお弁当は色彩のセンスも抜群で、実に華やか。まるで子供時代の願いが叶ったようだった。

ある日、私は友人たちに誘われ、山に出かけた。男同士、独身時代に戻って登山しようということになったのである。ところが彼らは昼食を用意しておらず、私だけが妻のお弁当を持っていた。開けて見せると、あまりの豪華さにひとりが「す、すごい」とつぶやき、全員がひるんだ。玉手箱を開けたら、中から妻が現われたようで、お弁当は体を現わすのである。

かくして私はお弁当を「ちょっと恥ずかしいもの」と思ってきたのだが、それを一気に吹き飛ばしたのは広島の平和記念資料館だった。展示品の陳列ケースの中に、黒焦げになったお弁当箱がぽつんと置かれていた。

アルマイトの蓋の裏側に真っ黒な米粒。

目にした瞬間、私は全身がうちふるえ、その場でたまらず嗚咽した。原爆は何を破壊したのか。それがいかにかけがえのないものであったのか。それに気がつかなかった私こそ恥ずべきだったと思い知らされたのである。もしかするとお弁当でつくられた肉体が共鳴したのかもしれない。

反省を込めて、私は妻のためにお弁当をつくってみることにした。メニューにはバリエーションがなく、もっぱら栄養を重視したくなったのだが、これは母譲りなのだろうか。

（2014年9月）

子離れのすすめ

佐川光晴

私は主夫をしている。少し書いては洗濯物を干し、少し書いては買い物に行って、というペースでの作家生活も十五年目に入った。小学校教員の妻は帰宅が毎晩七時を過ぎるため、二人の息子は私が作るカレーライスや肉じゃがを食べて大きくなったのである。八つも歳が離れているとケンカをすることもなく、二人でキャッチボールをしたり、おにいちゃんが弟の勉強をみてやったりしながら仲良く育ってきた。

その長男が今年の四月に大学生になった。都内の大学なので、埼玉県志木市のわが家から電車で通っていたのだが、五月初めに一人暮らしをしたいと言い出した。私自身も十八歳で茅ヶ崎の親元を離れて北海道の大学に進んでいるから、もとより異存はない。むしろ、よくぞ自分から言ったと、褒めてやりたい気持ちだった。もっとも、それからはアパート探しに同行させられたり、家電製品を買いそろえたりと、時間とお金を大いに使わされた。ようやく引っ越しの日が来たときには、これで解放されると喜んだほどだ。

六月下旬の日曜日、知り合いから借りたワゴン車に机や本棚やテーブルを載せて、我々は家族四人で下北沢に向かった。前日にも布団や食器類を運んでいたので、荷物をアパートの二階に上げる作業は小一時間で済んだ。近くのレストランでお昼を食べたあと、長男と別れて、我々は三人で志木に帰った。

妻は授業の準備をするというので、私はひと休みしてから一人で買い物に出た。自転車でいつもの道を駅前に向かっていると、不意に悲しみがこみ上げてきた。

「あいつはもう、おれが作るご飯を食べてくれないのか」

夕食は青椒肉絲だったので、ピーマンやタケノコを中華鍋で炒めている最中にも、私は涙をこぼしそうになった。

普通の男親には訪れないであろう感情にとらわれている自分を客観視する余裕は、その日の私にはなかった。そのかわり、母も私が札幌に向かったときはさぞかし悲しかっただろうと思い、これが子離れというものかと実感した。

ただし、子離れの悲しみは長くは続かなかった。一週間後の土曜日には長男が帰って来て、諸々の書類への捺印や生活費の無心で我々夫婦をさんざんわずらわせたからだ。おまけによほど空腹だったらしく、長男は晩ご飯を食べ終えたあとも冷蔵庫のなかをあさり、手当たりしだいに口に放り込むというあさましさだった。そのうち週末に帰って来ないこともあり、アパートに友だちを招いたりもしたそうで、夏休みになる頃には長男の一人暮らしも堂に入ってきた。家事の大変さもわかってきたらしく、志木に帰って来たときにはこちらが何も言わなくても洗濯物をたたんでくれて、味噌汁や目玉焼きの作り方を訊いてくる。

親離れといい、子離れというけれど、それは決して別離ではない。むしろ親子が新たな距離感を獲得する契機なのだということを、私も身を以て理解したしだいです。

（2014年11月）

思い出と食べ物

伊藤たかみ

昨年、旧知の編集者ががんになり、再入院のあと自宅療養となった。そこで知人たちと一緒に自宅へお邪魔した。

彼は車いす姿だった。ローテーブルやテレビ台の上には、箱買いされたラムネ菓子や十円スナックの類いが乱雑に積み上げられていた。脳への治療で味を感じられなくなっていたようだが、インターネットでときどき注文してしまうのだとか。

きっとアルバムをめくるようにして、子供の頃の思い出を食べていたのだろう。仮にちゃんと味がしたところで、子供の頃に感じたままのおいしさは、もう大人の舌に戻ってくることはない。

帰りには、消費できない駄菓子の土産をたくさんもらった。

食べきれなかった思い出を形見分けしてもらったようで、なんだか複雑な気分になったものだ。

　ちなみに、わが家の子供はまだ小さい。スーパーに行くと、まさに彼が買い集めていたような駄菓子のあるコーナーへ走っていき、似たようなものを買いたがる。必要以上に欲しがってもつい買い与えてしまうのは、僕も息子の思い出になりたいからなんだろうかと考えてしまう。

　そんなこともあって、僕は機会あるごとに、思い出の食べ物を人にきいてみるようになった。最後の晩餐は何にしたいかという類いの、他愛のない話ではある。それでも案外と盛り上がるものだ。

　死ぬ前におにぎりを三つだけ食べられるとしたら、具に何を選ぶか。そう質問すると、人は不思議なくらいに白熱する。「鮭、昆布、おかかでしょう」「梅干し、シーチキン、赤飯だね」みな、それぞれ思い出の味があるのだなあとしみじみする。ついでに、そんなどうでもいい話題に夢中になれるだけ、自分たちはまだまだ生きてるのだとほっとしてしまう。編集者の彼には悪いけれど、つい生き生きとしてしまったことに安心するのだった。

　さて、同じことを一度息子にきいてみたところ、「スパベティ」という答えが返ってきた。よくある子供の言い間違いだ。どうせ直るだろうし、大人になるのにそんなに急ぐこともないだろうからと、いちいち指摘しないでいた。

ええ、最後の食べ物がスパべティでいいのってきき直したら、息子は怒って、「スパゲティって言ったでしょ、さっき」と注意してきた。ああ、勝手に成長してるんだなと驚き、謝った。これから歳を取るたび、スパべティを食べるたびに、息子のことを思い出したりするのかしらんと、将来のことをほほえましく想像してみる。車いすや食べきれない駄菓子が、僕の頭から早くも立ち退こうとしていてぎょっとした。冷たいな、自分。

そして編集者は、夏が来る前に息を引き取った。悲しかったのだけれど、生きていくというのは、ひっくるめると、そういうことなんだろう。

（2014年11月）

余ると、嬉しい

内田洋子

昔ナポリで暮らしていた頃、住んだ先は大家族だった。昼になると山と茹でたパスタを皆で囲み、賑やかな食卓を楽しんだ。子供たちから先に済ませ、そのあと五月雨式に帰宅する大人たちが席に着く。時間通りに全員が揃うことは稀であり、揃っても空腹の度合いはまちまちで、一家の母親は茹でるパスタの分量にいつも難儀していた。マカロニは余っても捨てずにソースと絡めて取り置き、夕食や翌日に温め直したりしていた。

困ったのは、スパゲッティだった。残ると、マカロニと違ってのびきってしまう。アルデンテに限るナポリで、ふやけたものを温め直してまで食べようという人はいない。大家族の母親はしかし、スパゲッティを一本たりとも無駄にはしなかった。フォークで細かく刻んで、夜、ミネストローネに入れて子供たちに食べさせたりした。

それでもときおり、二、三人分も茹で余りが出ることがあった。

「ママ、お願い！」

子供たちが、手つかずのスパゲッティを見て懇願する。すると母親は卵を七個も八個もボウルに割り溶き、トマトソースと卸しチーズを加え、そこへ余ったスパゲッティを全部入れる。フライパンにオリーブオイルをたっぷりと引き、スパゲッティ入りの溶き卵を一気に流し込む。ジュウ。わぁ！

母親の背後で、子供たちがはしゃぐ。かき混ぜずにじっくり待つ。少々焼き目がついたところで大皿をフライパンに被せ、そのまま丸ごとひっくり返す。ぎっしりスパゲッティが詰まった卵焼きの出来上がりだ。少し待って、母親がケーキのように切り分ける。熱々もいいけれど、冷めたほうが美味しい。翌日はもっと美味しい。

一家の母親が、スパゲッティ入りの卵焼きを作ってくれるのは、翌日に特別な行事があるときだった。サッカーの試合。誕生日パーティー。子供たちだけで留守番する。一番年長の子が、電車に乗ってローマへ行く……。

切り分けた一片ずつをアルミホイルに包む。薄切りにしてパンに挟む。そういう一人分ずつを、母親は紙袋に入れていくつも用意した。頬張ると、前日の賑やかな食卓が口の中いっぱいに蘇る。てきぱきとスパゲッティを取り分ける母親の笑顔が、目の前に浮かぶ。

今にして思えば、あのスパゲッティは量り間違えで余ったのではなく、卵焼きのためにわざわざ多めに茹でていたのだろう。冷えても温かみのある、逸品だった。

今年、復活祭は四月五日である。子供たちに卵形のチョコレートを贈ったり、茹で卵に絵を描いたりして祝う。卵は、新しい生命の象徴だ。復活祭は、小鳥が卵から孵って飛び立って行く時期とも重なる。

春が来るたびに、優しい卵焼きと子供たちの歓声を思い出す。

（2015年3月）

砂漠のお茶

田原　牧

仕事柄、職場にしばしば人が訪ねて来る。近所でお茶でもとなるのだが、そのたびに昔ながらの喫茶店が見つからないことに戸惑う。いまはチェーンの店ばかり。安くて気楽な一方、ちょっと腰が落ち着かない。職場が都心にあるせいか、そこで昼下がりに見かける人びとの大半はスーツ姿の一人客だ。

客が来れば、まずはお茶というのは三十年近く縁を結んできたアラブ世界の作法である。その場が喫茶店や誰かのお宅、事務所でなくても変わらない。砂漠なら手慣れた野点になる。

そうした野点で、燃える生木があることに驚かされた記憶がある。十数年前、サハラ砂漠の西部（アルジェリア南西部）を訪れた際のことだ。砂の海の一角には「サハラ・アラブ民主共和国（通称・ポリサリオ戦線）」という亡命政府と十五万人ほどが暮らす難民キャンプがあり、そこが取材の対象だった。

パレスチナと聞けば、日本人でも知る人が少なくない。しかし、ポリサリオの知名度は世界的にも低い。北アフリカの大西洋側にあり、旧宗主国はスペイン。一九七〇年代に独立しようとした矢先、モロッコが自国の領土と主張し、住民ら（ポリサリオ戦線）と争いになった。九一年に国連の仲介で停戦が結ばれたものの、帰属を問う住民投票は棚上げにされたままだ。

紛争で故郷を追われた人びとは、隣国アルジェリアの不毛地帯に難民キャンプを設けた。知られていないことは援助の乏しさに直結する。当時、配給はカロリー優先で、ほぼ唯一のタンパク源の卵は八人家族なら月に四個。難民たちの平均寿命は四十代半ばと聞かされた。世界でも屈指の貧しい亡命者たちだ。

取材では、キャンプから約二百キロ離れた停戦中の前線も視察した。四輪駆動車で砂の道を進むのだが、日本人の私には道なき砂の海でしかなかった。出発して数時間後、小休止した。地平線が三百六十度広がる。随行していたムハンマドという青年が早速、野点を準備した。薬缶に紅茶の葉と砂糖、ポリタンクの水を注ぐ。そして、近くにあった人の背ほどの灌木をむしって砂の窪みに敷く。細い葉は緑で枯れてはいない。ところが、ライターで火を付けると、そのまま燃え上がった。

ここまで乾燥していても、生命が宿っているのだ。その光景に目を見張っていると、ムハンマドがリュックから大切そうに一つの缶を取り出した。コンデンスミルクの缶だった。そこから私のガラスのカップにだけ、一筋のミルクをたらした。

普段なら病人ぐらいにしか与えないであろう貴重なミルク。それでも、自分たちのことを知らせてくれる外国人記者にできる限りのもてなしをしたい。無口な青年だったが、一杯のお茶にはそうした切なさが込められていた。胸が詰まって「ありがとう」という言葉すら口籠もってしまった。

砂漠でも、お茶は人と人とを近づけてくれる。そう信じる半面、職場近くのチェーン店で見かける客たちはいま、独りでスマートフォンの画面を眺めている。ひと昔前、「東京砂漠」という流行歌があった。そのメロディーがふと耳に蘇る。


（2015年3月）

大きなキッチンカウンター

鳥居啓子

米国シアトル・ワシントン湖を見下ろす崖に建つ我が家。私とドイツ人理論物理学者の連れ、そして小学校6年生と3年生の2人の娘がここで平日を過ごすのは、三畳くらいある大きなキッチンカウンターの周りである。

朝型の連れは、日の出前に起き、炊飯器のスイッチを入れる。私と出会うまで彼は自炊をした事がなかった。今では、子供のお弁当におかかおにぎりを握ったりする。彼はEメールや論文の査読などをテキパキ済ませ朝食をとった後、運動をしてシャワーを浴びる。そしてそのころ私と娘達は目を覚ます。

カウンターの向こうでキッチンに立ち、お弁当を詰めコーヒーを温める連れと、カウンターに座り寝ぼけ眼で朝食をとる女子3人。ちょっと非日本的な雰囲気かもしれない。その後は、ペットの金魚とハムスターの世話。金魚は私が大学で教える基礎生物学の解剖実習のあまりを譲ってもらったものだ。ハムスターは動物行動学の研究室のあまり。どちらも子供達が世話をする、というのが譲り受ける条件だった。朝食後は怒濤のシャワー、歯磨き、出かける支度。忙しい一日の始まりだ。

夜7時半。帰宅した4人が集うのも、やはりこの大きなキッチンカウンターだ。今度は私がキッチン側に立ち、夕食をつくる。勿論、基本和食だ。連れは紙に数式を書いては考え込んでいる。それが彼の研究だ。娘達はカウンターに座って宿題。夕食は出来た順に温かいうちにいただく。連れと子供が就寝した後は、夜型の私が台所の片付けや洗濯をし、一息ついた後、仕事をする。時差が16時間ある日本とオンライン会議をするのもこの時間帯。シアトル時間深夜1時が日本の午後5時であるため、〆切のある日本の書類をおわらせるのはだいたい真夜中になってしまう。

まだ子供がずっと小さかった頃から、毎日毎日、同じようなルーチンを繰り返してきた。うちにはテレビもちゃぶ台もないけれど、この大きなキッチンカウンターが、我が家のお茶の間だ。教授会であったひどい話。競争的研究費がとれなかったこと。学生の無茶な要求。連れとは色々な愚痴を聞き合い、励まし合ったりする。娘達は、保育園、幼稚園、そして小学校と毎年変わりつつも、学校であった出来事、友達のこと、色々と話す。子供が生まれてすぐに仕事に戻った私だけれど、一緒にいる短い時間は、家族でとても濃厚な時を過ごす。

考えてみれば、研究も、毎日同じ事が続くルーチン作業でもある。単調な実験作業が果てしなく続くなかから、時として大きな発見があり、大胆な方向転換が起こる。大きなキッチンカウンターを囲む家族4人の日常も、一見、毎日ルーチンが続くようで実はそうではない。「今日は学校で誰と遊んだの？　なにかいいことはあった？」という毎度お決まりの質問に、思春期を迎えようとしている上の娘は、最近、「さあね。内緒」と答えることが増えてきた。我が家族も新しいステージに入ったのかもしれない。これから起こるであろう『発見』に不安とともに胸をおどらせる。

（2015年9月）

たにし亭

川上弘美

その店のことを知ったのは、大学生のころだった。店の名は、「たにし亭」。山口瞳のエッセイで読んだのである。

「まだ終戦直後といっていい時代に、早稲田大学から目白の日本女子大学にむかって急な坂を登りつめたあたりに」ある「『たにし』というオデン屋」は、「百円あれば充分に飲めた。二百円あれば威張ったものである」。店の奥には「四十歳ぐらいの男」が必ずおり、「その人は、焼酎を二杯か三杯飲む。時によると四杯飲む。オデンはあまり食べない」のであった。ある時山口瞳は、「その人に、よくお飲みになりますね、と言った。『ショッチュウ（焼酎）です』と、彼は答えた。別のときに、いまに誰かに表彰されるんじゃないでしょうかと言った。すると、その人は、落ちついた声で言った。『ノーメル賞です』。それ以外のことを言わなかった。そのことでも、私は彼を尊敬せずにはいられなかった」（『酒呑みの自己弁護』より）

大人たちは、こんなふうにしてお酒を飲んでいるのかと、大いに感心した。いつか大人になってそのような居酒屋に行ってみたいものだとあこがれもした。

でも結局、たにし亭に行くことはなかった。わたしにとっては、幻の店である。ところが、今年ひょんなところで、「たにし亭」という言葉を目にしたのである。

久しぶりに、らっきょうを漬けようと思ったのだ。それも、甘酢らっきょうではなく、塩らっきょうを。たしか、愛用している『おいしい漬けもの』(婦人之友社)の中に、一年も二年もおいしく食べられる塩らっきょうの漬け方が出ていたはず。そう思って、棚から本を取り出し、ぱらぱらと眺めた。

あった。これだ。「らっきょうのカリカリ漬け」。

なになに?「東京・目白にあった小さなおでん屋『たにし亭』は多くの人に親しまれ、惜しまれつつ閉店しました」

えっ、と驚いた。これはもしかして、あの「たにし亭」のことなのだろうか? 文章は、こう続く。

「その女主人沢井ふささんの漬けるらっきょうのおいしさは定評があり、わざわざ分けてもらって帰るお客もいるほど。開店以来四十年している絶対失敗なしの方法をききました」

たぶん、まちがいない。それでは、わたしは、わたしの幻の店のらっきょうを、山口瞳のエッセイを読んでから四十年以上たった今年、食べられるのだ！

念ずれば通ず、という言葉があるけれど、こんなふうな通じ方もあったのだと、なんだか少し、涙が出た。ちなみに、たにし亭の漬け方は、以下のごとし。通常はらっきょうの重さの一割弱入れる塩を、三割入れる。らっきょうにその塩をよくまぶしつけ、重しはしないで一カ月。水がらっきょうすれすれまであがってくるので、上下をまぜる。食べる分だけとりわけ、三日間、毎日一回水をかえて塩出ししてから、食べること。

たにし亭式塩らっきょうは、たぶんこの号が出るころに漬かりあがる予定。どきどきしつつ、あがってくる水を、毎日のぞいてみる日々である。

（２０１６年７月）

朝の静けさの中で

伊達公子

いつからだろう？　こんなに朝食が楽しみになったのは……。

20代の頃は、食事はどちらかというと私にとって栄養補給の感覚だったかもしれない。朝食を楽しむ感覚なんか考えたこともなかった。でもテニスをしていたおかげで世界中を旅し、素晴らしい環境で様々な国の食事をする機会にも恵まれた。

なかでも忘れられないのはパリでの朝食。朝のクロワッサン、パンオショコラとバゲットの美味しさと言ったら！　焼きたての、まわりはサクッと、中はしっとりとしたパンの美味しさを知ってしまった。どうも日本のバゲットは噛むとまわりのパリッと感が強すぎるのか、パンの表面が口の中で当たってしまうこともしばしば。噛み続けて顎が疲れることもあったりする。けれど、パリのはほどよくしっとり。

そして時を経て、今の私の朝はコーヒー豆を挽くことから始まる。豆を挽いた途端に広がるかぐわしい匂い。お湯を沸かし、ゆっくりと淹れるコーヒー。人によってはこの時間が面倒で、という人もいる。確かにちょっぴり大変ではあるけれど、いつしかこの時間がとても好きになっていた。

お決まりの朝食のメニューは至ってシンプル。パンとコーヒー。トーストしたパンにたっぷりのバターを塗ってベリー系のジャムを添えて。時には気分を変えてはちみつを添えることもある。それに淹れたての濃いめで酸味が少なめのドリップコーヒー。数年前までは朝はカフェラテを飲んでいたのだけれど、遅延型アレルギー検査で乳製品に軽い症状が出ると分かったため、現在は乳製品をできるだけ控えるように心がけている。今やグルテンフリー（グルテン除去食）が一種の流行のようで、多くのテニスプレイヤーもトライしているが、食べることが大好きな私にとって、小麦粉のアレルギーが出なかったのは幸いだった。

日本にいる時の私には、焼きたてのパンに淹れたてのコーヒー、それがあれば最高の朝食。しかし残念なことに朝早くから開いているパン屋さんは少ない。ドイツ人と結婚してからドイツを訪れる機会が多くなった。ドイツでは焼きたてのパンを食べることは当たり前で、朝に散歩がてらに家の近くのベッカライ（パン屋）へ行きパンを買う。わざわざ遠いところへ行くのではなく、自分の村にあるお店に買いに行くのだ。そんな何でもないことがつくづく羨ましい。

今や日本では美味しいパン屋さんがたくさんできている。とはいえ前日に買って帰る習慣が当たり前のようになっているのではないかと感じる。みなさん、焼きたてが大好きなはずなのに……。早くから開いているベーカリーがあれば、忙しくてももっと朝の時間が有意義なものになるはずなのに……。

膝の手術後、次のステージをめざしてリハビリ中の私。朝の静けさの中で焼きたてのパンと淹れたてのコーヒーを味わいながら、ゆっくり過ごすひと時を大切にしている。朝食を楽しむ！　朝の至福をもっと多くの人たちにも感じてほしいと思っている。

（2016年7月）

セツビガ　オトリマス

工藤ノリコ

台湾で新たに2冊、私の絵本が出版になるのを機に、普段一緒に仕事をしている夫と、担当編集者のAさんとともに、2月の台北国際ブックフェアに出かけた。その自由時間に、エビ釣りをしてきた。Aさんは、よく一緒にジャングルなどへ旅をする仲間だ。釣り好きなAさんと夫には、ボルネオ島で怪魚バラマンディを狙ったものの、両人とも敗北に終わった過去がある。台湾に到着後、仕事仲間の台湾人女性が、知っている釣り場を教えてくれた。電車で士林《シーリン》という駅まで行き、タクシーの若い運転手さんにその釣り場のメモを見せると、わかるとのこと。緑豊かな渓流沿いを5分ほど走った頃、運転席から唐突に、スマートフォンの画面が助手席のAさんに差し出された。

「セツビガ　オトリマス」

「えっ?」

おかしな抑揚の自動音声の日本語で、何の話か察しがつかない。見るとグーグル翻訳の画面だ。何のことですか？　とAさんが英語で訊ねるが、英語が不得意らしい彼は、運転中にも拘らずスマートフォンを操って、自動翻訳の音声で答えを返す。

「シセツ　フルイ」「キタナイ」「セイケツ　デ　ナイ」

もしかして釣り場のことですか？　Aさんも画面に向かって日本語で問う。と、「キレイナツリバ　アリマス」と自動音声。

目的地は〝劣った設備〟で、他におすすめの釣り場がある、ということか。だがそう言って仲間の店へ連れて行く手口もある。全員で困惑していると、走りながら「ココ」と彼が指さした。見ると廃墟のようなボロボロの施設にエビの絵の看板が。これか！　と思わず爆笑するほどの様相だ。

日本から来てわざわざここに行きたいという我々を、そのまま連れて行くのが忍びなかったのか。彼の推薦する近代的な釣り場はすぐに現れた。いま見たところとは天地の差、おしゃれですらあった。が、休業日だった。春節の直後だからか……。

「オー、ノー……」のような台湾語を発して彼はUターンし、先ほどの廃墟で我々を降ろすと、申し訳なさそうに走り去った。しかし中に入ってみると、意外にも多くの釣り人で賑わっていた。昔から長らく営業しているようで、風情がある。若く親切な運転手さんの心配に反し、だんぜん、我々の好みはこの古い釣り場のほうであった。

受付のおじさんに1時間分の料金を払い、竿と、段ボール紙の切れ端に載せた鳥の生レバーと、カミソリの刃をもらう。レバーを細かく切って餌にする。常連とおぼしき釣り名人然とした人や、営業の途中と思われるYシャツ姿の2人連れなど、皆熱心に小学校のプールのような水場に釣り糸を投げ入れている。

水が濁っているので、エビは見えない。ほんとにいるのかな……と思った途端、夫が1匹目を釣り上げた。けっこう大きい。ハサミのある腕が細長く、青い。俄然おもしろくなり、1時間延長して、3人で15匹ほど釣り上げた。

併設のコンロで、串に刺して塩を振ってぜんぶ焼いて食べた。

（2016年9月）

芋煮会

太田和彦

今年も私の仕事場に教え子が集まって、芋煮会を開いた。

山形にある大学で十年ほどデザインを教えていたとき知ったのが山形のソウルフード「芋煮」だ。本来は秋の収穫を終えた骨休めに河川敷でやる行事だが、東京ではそうもゆかず、手ごろなここに落ち着いた。

集まる時間を見計らって大きな長机の上をすべて片づけ、緑と白の大柄ギンガムチェックのテーブルクロスをかけると、事務的な仕事場の雰囲気が一変する。やって来た十人ほどには料理名人がいて、調理道具、大鍋にカセットコンロまで運び、小さな台所でどんどん仕事を始める。他の者も、芋の皮むきや食器並べなど何かしら仕事を見つける。不調法なのには「ちょうどいいから中庭の落葉きれいにしてくれよ」「はい」と便利だ。

大学で一番大切にした授業が、夏休み前の四年生のゼミ合宿だった。猪苗代《いなわしろ》湖畔の安いロッジを借り、二階の八畳間に一人ずつ呼んで一対一。中身は大学総決算の卒業制作だ。みっちりしぼりあげると一階の大部屋に下がらせ、持参の試作を壁に貼り、互いを見比べさせる。

個人指導を終えてからがミソで、食事はすべて自炊と決めてあるから、その支度だ。ベランダの大きなバーベキュー台に炭火をおこし、作家・椎名誠さんたちのキャンプの名料理人・林さん（通称リンさん）に教わったリンさん漬け〈＝生姜・ニンニク・人参・胡瓜・ピーマンを切って、鷹の爪とたっぷりの醤油に漬けておく〉のたれに浸けて何でも焼く。毎年必ず炉端焼主人が現れ「イカとししとう」「オレ、肉」の注文に「はいはい、イカは少々お時間を」とご機嫌だ。

狙いは「一つ釜の飯を食うこと」。皆で酒を飲み、何でも話すのは、若い彼らに最も大切だ。私も野暮は言わずぐいぐい飲み、先に寝てしまうが、皆は遅くまで語り合っていたようだ。

その卒業した教え子たちが支度する間、こちらは何もすることがなく、缶ビールをプシとあけ「何か、先につまみないかな」「はーい」と気楽なものだ。酒の本を書いているので一升瓶は山ほどあり、酒好きはその前にしゃがみ込む。「先生、これ開けていいですか？」「おう、それはうまいぞ」

今年はベトナム仕込みの生春巻名人がいて大好評。さらに、鯛とイチジクと柿のカルパッチョ、鶏のテリーヌ、蛸と海老のエスニッククリーム煮、むかごごはんの弁慶飯など「店でも食べたことがない！」と絶賛の皿が次々に出る。創造的で精妙な料理、色鮮やかな盛りつけは、やはり美大の卒業生だ。しかし不動の主役は芋煮。具は里芋・牛肉・ネギ・舞茸・コンニャクと決まっており、芋煮専用の出汁醤油も地元から取り寄せた。

よく飲みよく食べよく話し「そろそろ電車なくなる」ときれいに片づけて帰って行った。一人残った私は緑と白のテーブルクロスを畳むと、またもとの事務机に戻った。

翌日台所の引き出しに見慣れぬお玉を見つけた。忘れたのか、いや来年も使うと置いていったのかはわからない。

（２０１７年１月）

古本にはさまれた置き土産とパリ時間

上野万梨子

古書コレクターの友人の蔵書は、彼の自宅にも、それとは別に書庫用に所有しているアパートにも納まりきらなくなり、私の家でもその一部を預かることになった。サロンのソファの背と壁の隙間、仕事部屋の空きスペース、小柄な私にはあまり用がない天井近くの物入れの中。人目に触れる場所ではインテリアの一部として見た目も考えて本を選び、積み重ねているから、事情を知らない人が見たら私はかなりインテリな女性と思えることだろう。こうして確かに家中が少々カビくさい彼の本だらけになったけれど、私がパリのこの家で暮らしはじめた四半世紀前から、それはそれはお世話になってきた人なのだから、このくらいはささやかなお返しというものなのだ。

その友人のおかげもあって、戦前・戦後に初版が出ている料理本に親しむ機会が増えた私。

たのしみのひとつは前の所有者の置き土産の発見だ。ある時は八百屋のざら紙の袋らしきものをハサミでカットしたメモ用紙に書かれた買い物リスト。癖のある手書き文字だから読むのには想像力を要する。なになに？　玉ねぎ1リーヴル、読み取れない何かが1/2リーヴル？　はさんであったページのレシピと照らし合わせて判読してみる。面白いことにレシピ表記はグラムなのに、メモはリーヴル。リーヴルはフランス革命以前の通貨の単位であり、また重量の単位でもあって、1リーヴルは０・５キロ。英国の通貨単位のポンドが重量の単位でもあるのと同じだ。そういえば私の留学時代の１９７５年当時、マルシェで買い物するのにリーヴル単位を使うこともあったっけ……。通貨がリーヴルからフランになって以来2世紀近くも、重量の単位としてのリーヴルはずっと暮らしの中に生き続けていたのだった。マドレーヌ広場近くにあった今は無きデパート、オウ・トロワ・カルチェや、古《いにしえ》の食材店、フェリックス・ポタンのロゴ入りの紙に書かれたメモも、当時を知る私にとっては掘り出し物。

　こうした古本の置き土産はメモばかりではない。38年初版の『電気で料理』という本には、薪火やガス火に続いていよいよ登場した当時最先端の電気オーヴンの雑誌記事。またある本には四つ折りにされたアルミホイル。この時代はきっと貴重品で、使い捨てにせずとっておいたのだろう。50年代風パッケージデザインのマギーブイヨンの空き袋を見つけた時には、もしかしてにおいが残っているかな？　と思わず鼻を近づけてみた。大鍋に残った美味なるポトフのブイヨンを、工夫していろいろな料理に使い回してきたフランスの家庭婦人。初めてブイヨンキューブを使って料理した時には何を思ったのだろう。
と、こんなふうに、きっかけは古本の置き土産に限らず、過去と今を行き来する瞬間が日に何度も訪れて、ふわりと時間旅行に誘い出されるのがパリの暮らし。意味があるような無いような、意味が無いようで、あるような、これがきっと世界のどこにもない、パリ時間の過ごし方。

（2017年1月）

ダジャレの始末

後藤繁榮

近ごろCMなどにダジャレがよく登場するようになったと思いませんか。オフィス用品の会社は「A4でぇーよん」など何種類ものダジャレを連発しています。高知市を訪ねた時はローマならぬ「リョーマの休日」というのぼり旗が街じゅうに。何と県が推進している観光キャンペーンです。ダジャレといえばサムイもの、と冷笑された時代は終わったのでしょうか。

かくいう私は、公共放送の『きょうの料理』(Eテレ)で、十八年ダジャレをつぶやいています。土井善晴さんの回では、すし飯で合わせ酢をつくる際に「合わせるのに合わせずですか?」などと苦笑を誘えば、土井さんからも「コラーゲン食べるとね、こらあ元気! になりますよ」と返ってきます。そんな場面を視聴者から「おじさん二人がほほえましい」と感想が届いたり。いわゆるオヤジ・ギャグに対して厳しいといわれる若年層からも悪くない反応が寄せられます。世の中は寛容の時代に入ったのでしょうか。

私が番組でダジャレを言うようになったきっかけは、ばぁばこと鈴木登紀子さんの回でした。まだ料理番組に慣れないでボーッと立っている私に「コショウを振ってちょうだい」と役割をふってくれました。「お安いご用で！」と勇んだものの、振っても振ってもコショウが出てこない。「あらあらフタをしたままでしょ！」と言われて、思わず「なあんだ、コショウが故障してるのかと思いました」とつぶやいたのが最初でした。そのときスタジオの空気がふふっと緩んで和やかな雰囲気が画面に広がったそうです。収録後にばぁばから「後藤さんにもダジャレという仕事が出来たわね。それも調味料よ」と声をかけてもらいました。

それから時々ダジャレをつぶやくと、食卓に笑顔が生まれ食事がおいしくすすむというお便りが届くようになりました。一方、ダジャレは不愉快だと感じる人も。「料理番組にダジャレはいらない」と苦情を繰り返し訴えてくる人がいました。手を焼いていたプロデューサーに申し訳なくて、その人に手紙を書きました。実はそのころ、大阪のある授産施設からよく手紙をもらっていました。メンバー六人の小さな施設ですが一日まったく会話がなかったとか。ところが『きょうの料理』で私がつぶやいたダジャレを「しょーもないけどおもろかったで」と一人が話したことからみんなが番組を見るように。それをきっかけに会話が弾むようになったというのです。「仲間ともっと会話をしたいから、ダジャレをたくさん言ってください」という要望があれば「ダジャレはいらない」という苦情。板挟みになっていることを率直に伝え、ダジャレだけでない楽しい番組づくりを誓いました。

ダジャレは和やかな場をつくるのに役立てば、という気持ちからなので、不愉快になる人がいたら残念です。そこで私が心掛けていること。ウケてもウケなくてもむやみに連発しない。笑ってくれなくても無理強いしない。ダジャレは春の淡雪のごとく……。

（2017年3月）

お～い、ぬか太郎

紺野美沙子

我が家にぬか床がやって来たのは、私がまだケナゲな新妻だった頃。近所に小学校の同級生・ケーコさんのお母さんが営む床屋さんがあった。遊びに行くといつもお茶うけに出してくれる胡瓜のぬか漬けの美味しいこと。ツヤツヤの濃い緑色、程よい塩加減と懐かしいぬかの香り。子供の頃、縁日で母におねだりしたひよこや、セキセイインコのヒナを米ぬかで育てた記憶までが蘇る。明るく庶民的なケーコ母の味。ぬか床を見せてもらうと、刻んだ昆布や鷹の爪とともにオレンジ色のものが目についた。聞くと「柿の皮」だという。へぇー、ほんのりした甘さはそこから来るのかなぁと思い、がぜん興味がわいてきた。

「これを我が家の定番にしてオットに喜んでもらおう」

なんていい妻。ひとつかみのぬかをおすそ分けして頂き、胡瓜一本がぎりぎり横たわる大きさの黄緑色のタッパーで、私のぬか漬け生活は始まった。

結婚生活同様、ぬか床への愛の炎は燃え上がったり消えかかったり、とろ火が長く続いたりした。

「なんじゃーこりゃ」。地方の舞台でひと月家を空けた時、冷蔵庫の野菜室の奥で再会したぬか床は、表面が灰色と緑のブツブツ模様、謎の惑星の大地と化していたのであった。おまけに近所のスイミングクラブのニオイを強烈にして酸味を足したような異臭が……。さようなら初代ぬか床くん。

それから四半世紀。いくつかの出会いと別れを繰り返し、ぬか床熱が再燃したのは三年前のこと。テレビ番組で「一カ月でゼロからぬか床を育てて味を競う」というバトルに参加したのがきっかけだった。容器は自由、ということで私は憧れていた木の樽を選び「ぬか太郎」と名付けた。名前があると急に愛着がわくから不思議だ。ふわふわの黄な粉のような甘味のある生ぬかに、冷ました塩水を少しずつ混ぜていく。ズボッズボッ、コネコネ。何だか楽しくなってくる。

「立派に育ってね、ぬか太郎」声かけをする私。間違いなくあぶないオバサンだ。でもぬか床は生きている。放っておくとへそを曲げるし、かといって手をかければ良い子に育つわけでもないから難しい。正直、さほど手をかけられない私は、ぬか太郎が真っ当に育つことを念じつつ「一日に一度は混ぜる」ことのみ己に課している。仕事場でメイクさんとスタイリストさんに囲まれお洒落をした時に、手元からはぬか太郎の残り香が……ということも何だか嬉しい。半年ほど前に、栃木で味噌屋さんを営んでいる友人の「秘伝のぬか床」をおすそ分けして頂いて混ぜ込んだら、最近はちょっといい感じ。目には見えない乳酸菌が元気に活動し始めたような甘い香りになってきた。漬けているのはもっぱら胡瓜。炊きたてのご飯と具沢山の味噌汁とぬか漬けは、私の朝ごはんの定番。生活の根っこ。ピカピカのご飯とツヤツヤの胡瓜。「これが幸せ」と食卓にオットがいてもいなくても「ウヒヒ」と悦に入る。

おーい、ぬか太郎、これからもよろしくね。ともに熟成して行こうではありませんか。

（2017年9月）

アカラジェの歴史

旦　敬介

ブラジルの食べ物に「アカラジェ」というスナックがある。バイーア州の名物で、奴隷として連れて来られたアフリカ人がもたらした料理とされる。どういうものかというと、黒目豆《くろめまめ》というアフリカ原産の豆を水でふやかしてすり潰し、その生地を油で揚げたものだ。揚げ油には、デンデ油という濃厚な赤色をしたアフリカ伝来のヤシ油が使われる。そのため焦げ茶色のカレーパンみたいなものができあがる。この油は固まりやすいので、アカラジェは熱いうちに食べるのが必須で、道端で黒人の小母さんが揚げているのを買ってすぐに食べるのである。ちょっと脂っこいが、塩味系のドーナツ菓子みたいでおいしいものだ。バイーアでは通常、切れ目を入れて、オクラの煮物など、やはりアフリカ系の料理を挟んで食べる。

ナイジェリアに行ったとき、まっ先に探したのはその原型にあたるものだった。ラゴスに到着したその日、道端で揚げ物を作っている小母さんたちがいるので、何なのかと聞いてみると、それは「アカラ」だという。これは予想通りで、「ジェ」というのはヨルバ語の「食べる」という動詞の語幹なのだ。「アカラ食べんかねー」と小母さんたちが呼び声をあげていたのが、ブラジルでは品物の名前と勘違いされて定着したのだろう。

ところが、ナイジェリアのアカラの様子はブラジルとはだいぶちがっていた。まず、透明なピーナツ油で揚げているので、焦げ茶にならず、軽いキツネ色をしている。大きさも一口サイズで小さい。そして、何も挟まずにそのまま食べるのである。食べてみて驚いた。トウガラシが練りこんであって、かなり辛いのだ。あとからわかってくるのだが、このあたりは、世界でもっとも辛い料理を好む地域で、何でも辛くするのだ。

このようなことから僕が推定するアカラジェの歴史は次のようなものだ。十九世紀前半に大挙してブラジルに来たヨルバ人たちは、当時のスタイルのアカラを正確に記憶していた。それを再現して現在に至っている。デンデ油はアフリカ性の象徴だから、変えてはいけない要素としてブラジルでは大事に守られた。ところが、アフリカの側では近代化とともに食習慣は推移し、デンデ油は消化の悪いダサい油として近年、あまり使われなくなった。とくに大事にする理由はなく、モダンなピーナツ油のほうが魅力的だったのだろう。また、奴隷貿易とは逆方向に伝わったトウガラシを、西アフリカの人たちが猛烈に愛好し、アカラにまで練りこむようになったのは、おそらくヨルバ人の大量奴隷化よりもあとの新しいことなのだ。ちなみに、トウガラシもピーナツも、アメリカ大陸原産の食材なので、奴隷貿易以前のアフリカには存在しなかった。

このように、本家本元の側では古いものを平気で変容させていくが、それを伝承した二次的な側こそがそれを固守するという、奇妙に逆転した歴史は、いろんなものごとについて見られるだろう。食べ物の中には、そのような歴史の展開が、まるで黒板に図示するように描きこまれていることがある。

（2018年1月）

白湯にすがる

沢野ひとし

起床は決まって朝五時である。まず白湯を飲んでから弁当を作る。おかずは塩鮭、タラコ、卵焼きが基本路線で、野菜炒めを少量添える。さらにピクルス。弁当箱は東北地方のブランド品である高級木製の漆ぬり。終わると家事をすばやく片付け、白湯入りの魔法瓶と弁当を持って仕事部屋に移動する。

白湯になったのは二年前で、弁当は一年前である。弁当を作るようになった理由は特別ない。お昼に外食やコンビニの弁当を買いに行くのは、仕事中、案外面倒臭いものである。といって妻と一緒に昼飯を食べるのもなぜか辛く会話が詰まる。

午前中は真面目に原稿書きや絵の作業をして、お昼は弁当を一人もくもくと食べ、白湯を飲む。夕方は妻と近くの野山を無駄口をきかず沈黙したまま散歩する。時には丘を越え川を渡り、三時間におよぶ遠征もある。

夜は九時か遅くとも十時には寝る。酒をやめてから数年がたつ。酒を飲まないことが平気になってしまった。自分でもこの断酒については不思議に思っている。もしかしたら白湯の力かも知れないと、ふと気が付いた。

つい最近までこの世から酒が無くなること、あるいは旅に出て酒が無い日々など考えられなかった。一方で自堕落的な酒から逃げたかった。自分が悪いのか酒が悪魔なのかと常日頃から思考していた。夕暮れになればウイスキーのグラスを片手に、あらゆる事に悪態をついていた。ある夜、妻は冷静に「あなたは立派なアルコール依存症だから病院に行ったら」と突き放すようにいった。

市内に依存症の専門病院があり、一人孤独な気持ちをかかえ診断を受けた。「通院で治りますよ」と医者は優しい。

「どういう時にお酒を飲みたくなりますか?」

「夕方になると毎日」

「ではとりあえずお酒の代わりに白湯にしましょう」

「ハアー白湯?　あの幼い頃に病気の時に飲んだ、ただの湯ですか」

「そう。ただの湯です。健康にもいいのです」

アルコールの欲求を抑える薬を二週間分貰ったが「まず白湯で我慢して下さい」といわれた。この事を切っかけに白湯が初めて自分の生活に現れた。コーヒー、紅茶、日本茶、中国茶は飲んできたが、あのただの湯になんの効果があるというのだ。

しかしやがて酒が頭に浮かぶと、白湯に救いを求めるようになった。薬は一錠も使うことなく捨ててしまった。診察は二週間に一回で、約三十分で終わる。酒を断って良かった事といえば、質の高い睡眠が取れることに尽きる。酒が無いと眠れないという人がいるが、それは逆である。頭は酒で麻痺するが、体はアルコールを分解しようと働いているので、深い眠りが取れずいつまでも体の疲れが消えない。

「今後一滴も酒を飲まない」そう考えると悲愴感に包まれるが、年がら年中はもう二度と飲まないと誓い、歳と共に白湯で乾杯といきたい。

（２０１８年９月）

雨上がりの御馳走

佐藤真理恵

「われらふたり、日に二度、小さな黒い大麦パンをこね、無花果を二つ三つほおばる。時には茸も少々焼く。霧雨が降ったら蝸牛《かたつむり》を捕まえ、土地の野菜を食べ、オリーヴの実をつぶし、どこ産かも定かでない安酒を飲む」（アテナイオス『食卓の賢人たち1』柳沼重剛訳）。

右の引用は二千年近くも昔の話なのだが、驚くなかれ、いまだにギリシアの食卓ではこれとそっくりの光景が広がっている。クレタ島に留学していた私にとって、これらいずれの食材も懐かしい。だが、何といっても格別の感慨を覚えるのは、蝸牛である。

もちろん、エスカルゴのような食用のお上品な代物とは違う。まさに天然モノだ。雨上がり、クレタの山の子供たちは蝸牛採りに駆り出される。大きな石を裏返すとお目当てのものが見つかるらしい。採集した蝸牛には、まず茹でたパスタを与え、二、三日かけて胃を洗浄するのだそう。その後、塩水で丹念に洗い、茹でる。そして、大抵はオリーヴ油とニンニクと少量のパン粉でソテーし、塩とレモンによる定番の味付けで食す。

初めてこの蝸牛料理を食べたのは、親友のマリア宅。彼女はクレタの高山地帯出身で、同郷の画家エル・グレコが描く人物さながらの大きな円い目をしている。アパートの上の階に住む彼女は私と同じく貧しい大学院生だったが、いつも私の分の食事も用意してくれた。そしてある日、お母さんが採集した蝸牛を私に振る舞ってくれたのだ。だが、何を隠そう、じつは私、この軟体動物が大の苦手。だから、この時あやうく卒倒しそうになった。しかし、微笑みつつも不安げに私を見つめるマリアを前にし、働き者で腰痛持ちの彼女の母を思うと、手をつけぬわけにはいかない。手ほどきを受け、殻の中に楊枝を刺して回すと、黒っぽいグロテスクな物体がニュルリとお出ましになった。その形状は、どう見ても蝸牛そのものだ。ザラついた肌や襞の具合といい……。ところが豈図《あにはか》らんや、意を決し口に入れた蝸牛はいたく美味であった。意外とコリコリした食感で、脂身も感じる。私としては、エスカルゴよりもクレタの天然モノに軍配を上げたいくらいだ。思わず「ノスティモ（おいしい）」と呟いた時の、マリアの安堵の表情が忘れられない。その夜は、今は亡き彼女のお父さん特製の酸っぱい葡萄酒を片手に、二人でなんと五十匹もの蝸牛を平らげたのであった。

この時、私はようやくクレタを咀嚼できた気がした。秋から早春にしか雨の降らぬ土地で、岩だらけの地面を這う蝸牛。そして、その蝸牛を身を屈めて採り、手間をかけて供してくれた人々の心づくし。それらを丸ごと舌と胃で堪能し、クレタの息吹が全身に沁み渡ってゆくのを感じたのである。

ギリシア神話に、冥府の柘榴を口にしたため地上に戻れなくなった娘の話があるが、土地の食べ物にはそのような不思議な力があるのかもしれない。今となっては蝸牛が本当においしかったのかはいささか心許ないが、それでも私は時折、クレタに殻を置き忘れてきたような気になるのだ。

（2019年1月）

「うちのコーヒー」の味

旦部幸博

「コーヒー淹れるけど飲む?」と、いつものように訊ねると、いつものように「飲む!」との返事。

それなら……とコーヒーミルに深煎り豆を二摑みちょっと。ヤカンの湯が沸きはじめたあたりで火を止めて、ドリップ用のポットに湯を移し、一息だけ置いてから、用意していたドリッパーの中のコーヒー粉をめがけて注湯開始。あとは粉の膨らみ具合を見ながら湯を注いだり止めたり。コーヒーサーバー代わりにしている計量カップの目盛りで200㎖ちょっとまで淹れたら、いつもの「うちのコーヒー」の出来上がりだ。

妻はその間に、いそいそとマグカップに牛乳を注いで電子レンジで温め、スティックシュガーを持ってスタンバイ。カフェオレ派の彼女に合わせて、コーヒーはちょっと濃いめに仕上げている。それを半分ずつ注ぎわけて僕はそのままブラックで。妻が買い置きしていたチョコクッキーを二枚もらって、それをお供にコーヒータイムを満喫する。

僕がコーヒーにはまってから30年ほどが経つ。最初のうちこそ豆の分量や湯温などを毎回きちんと測っていたが、喫茶店ならいざ知らず「どうせ自分たちが飲むだけだから」と、今ではこんないい加減な淹れ方をすることが増えた。

もちろん、こだわり抜いて焙煎・抽出したコーヒーは格別に感じるし、その「こだわる」ということ自体にもマニアックな面白味がある。けれど肩の力を抜いて、その日その日の出来栄えを素直に味わうのも、それはそれでまた楽しい。

ところが不思議なもので、いい加減な淹れ方をしているはずが毎回どこか似通った味になる。もちろん焙煎度合いが浅煎りとか深煎りとか、どの店で買ってきた豆かで香味は変わるのだけど、飲めば「うちのコーヒー」の味だと感じる。

そういえば、知り合いの自家焙煎のコーヒー屋さんから似たような話を聞いた覚えがあった。焙煎の些細な違いで、いつもと味がずれてしまった豆のはずが、自分で抽出してみると思ったほどの違いがない。ところが入店して日の浅いスタッフがマニュアル通りに抽出すると、確かに味が少しずれている。

豆の違いや分量、湯温など、抽出準備の段階での条件が多少ばらついていても、抽出中にお湯を注ぎ足す量やタイミングなどをほとんど無意識のうちに微調整して、慣れた人ほど味の違いを「補正」してしまうのだという。

「今日のは、いつもよりちょっと苦めだったかな？」と妻に訊ねると「うん。でも基本の部分はいつもの味」との返事。

自分ではいい加減に淹れているつもりでも、無意識のうちに補正していて、いい加減になりきれていないのかもしれない。ふと、明日はわざと違う淹れ方をしようかと悪戯心が湧いてきた。失敗したら失敗したで、二人して笑えばきっと楽しい。

それも含めて「うちのコーヒー」の味。おいしいコーヒーの方が好きではあるのだが、まずいコーヒーはまずいコーヒーで、何というか、愛おしい。

（2019年3月）

ファストフード論争

竹下隆一郎

私の長男が「ファストフード論争」を始めたことがある。それもまだ4歳ぐらい、友達と遊んでいたときのことだ。友達のお母さんに預け、隣町の水族館に連れて行ってもらった帰り道。そのお母さんも、疲れたのだろう。「みんなでマクドナルドに行って休憩しよう」と呼びかけた。長男は断った。「ぼくのママは、マクドナルドに行っちゃだめだっていいました」

迎えに行ったとき、友達のお母さんは笑いながらこのエピソードを話してくれた。「すごいですねぇ。自分の考えをしっかり持っているお子さんだなって、思いましたよ」。結局、長男たちは「寄り道」をせずに帰ってきたらしい。

子どもたちが大好きなファストフード。「健康に悪いのでは」「栄養不足になる」。様々な考えもあるが、私たち夫婦は、3、4歳ぐらいまでの長男には、あまり食べさせないようにしていた。子どもなりに親の言うことを覚えていたのだろう。

長男の一言は、ほかの友達の保護者も含めて、仲良しグループの親子間でちょっとした「論争」になった。その中で、あるお父さんが私に伝えてくれた言葉が印象に残っている。

「うちは夫婦が交代で料理をしているのですが、疲れたときはファストフードに頼りますよ。息抜き代わりです」

ファストフードの代名詞である「便利さ」。家事を手抜きする、という印象も受けるが、そこにはある種の「自由さ」もある。手を抜くこと、サボることは、マラソンのように長い育児を続けていくうえで必要だ。

今年の元日、私は休暇でシンガポールにいた。地元紙に、マクドナルドの現地進出40周年を祝う全面広告が載っていた。「40年も居たら、もはやここはホームです」。暗闇の中で光るマクドナルドの店舗の写真。不思議な気持ちになった。その広告はまるでファストフードでさえも、その国の「伝統文化」であるかのようなメッセージを放っていたからだ。

日本マクドナルドが東京・銀座に1号店を開いたのが1971年。日本社会自身も40年以上の付き合いになる。食事や育児などの暮らしを営む中で、「手料理と外食」「日本製と外国製」「自然と人工」に囲まれて、私たちは生きている。

長男が始めた「ファストフード論争」。特徴的だったのは、そこに正解はなく、みんなが楽しそうに会話をしたことだ。食品偽装などは論外だが、ファストフードや冷凍食品などちょっとした「フェイクな食品」は日々の食事にあっても良い。

未来では、家畜の細胞を培養してつくる「人工肉」の普及も進む可能性がある。ますますフェイクとリアルが交差する社会を生きるうえで、私たちはどちらかを全否定することなく、軽やかに生きていかねばならないのだろう。

大切なのは、自分の好みや違和感を口にすることだ。他者と会話をすることだ。いずれ長男は「ママにいわれたから」ではなく「僕が思うから」と食事の好みをよりハッキリと口にするだろう。そのことを楽しみに、今日も一緒に食卓を囲んでいる。

（2019年3月）

堂々巡りの食卓事情

春香

我が家の食卓について少しお話ししようと思う。

家族構成は、私と夫、小一の娘、幼稚園児の息子の四人。家族のための買い出しや食事を用意するのは、基本的には主婦であり母である私の役目である。その任務が本当に正しく遂行されているのかはわからないが、日々の食事は家族で賑やかに食卓を囲み、楽しい時間となっている。

そこで「正しい」という言葉に囚われやすいたちの私は、我が家の食卓において気になることがある。それは、食事のメニューはそれぞれの嗜好（苦手も含めて）に個別に応じているため、時には皆が別々のものを食べること。どうやらそれを個食というらしく、現代の悪しき食習慣の例に挙がる。本当に家族皆が同じものを食べたほうが良いのだろうか？

具体的な家族の実態は、いわゆる中年期に差し掛かった夫は、日頃から炭水化物の摂取を調整している。会食続きの日は「今夜は軽くていい……」、と。そういう時は、サラダか野菜たっぷりの汁物のみ。でも、野菜だけだとタンパク質不足で体が満たされないため、ヘルシーな蒸し鶏や牛赤身肉をサラダに加えて完成。私は職業柄、好きなものを好きなだけ食べることは、欲求のレベルで蓋をしているので、常に腹八分目。バランスの良い食事を心がけている。やはり一汁三菜が程良いので、家族の食事にあわせて適当にアレンジしたメニューとなる。

娘は小学校に入ってから給食の洗礼を受け、苦手なものが減り、なんでもよく食べるようになった。やはり女の子だと思うのは、ご飯よりパンが好きということ。朝はパン食をリクエストされる。加えて南瓜、イモ類が大好き。要は糖質が好物なのである。糖質制限中の中年たちとは食材の段階で真っ向から対立してしまう。でも、子供の成長に糖質は不可欠。そこで糖質だけにならないようなおかずを組み合わせたメニューとなる。

最後は息子。彼は、パンはおやつだと言い切るくらい、米食が好き。朝食にパンが供されると、小さな身体から物足りなさオーラをじわじわと醸し出しながら「おにぎりが食べたい」と要求してくる。「さっきパンを食べたでしょ！」と言いながらおにぎりを握ることが度々ある。「ステーキにタレご飯があれば、最高ご飯！」と、わずか五歳にして言い切るほど、見事なまでに男子的なのである。ステーキにご飯だなんて、私には禁断のメニューなのに……。モリモり食べる息子に、母はつい羨望の眼差しを向けてしまう。ちなみに「最高ご飯」の対語は「しょんぼりご飯」。悪気もなくしょんぼり顔でそう言われ、「こっちがしょんぼりしちゃうわ！」ということもしばしば。まぁ、それにしてもよく言ったものだと感心すらしてしまう。

一体どんなメニューが家族にとってパーフェクトなのか？　そもそも年齢も好みも違う家族が同じメニューであることは難しい。料理本のほかＳＮＳで余所様の素敵な食卓を眺めながら、今夜の食卓をイメージする日々。が、結局、食卓事情にまつわる思考は私の頭の中で一周回り、「臨機応変が一番ね」と落ち着くのである。

（２０１９年５月）

新幹線だけの美味

ツレヅレハナコ

月に数度は新幹線に乗っています。東北へ行くことが多いので、大抵は3時間以上の移動時間。その合間にすることといえば、インターネット？　読書？　仕事？　いやいや、私にとっては大切な「ひとり宴会」の時間なのです。

現地へ着いてすぐに仕事でなければ、駅のホームで買うのはハイボールのロング缶。これは朝でも恒例で、私は「朝ハイボール健康法」と呼んでいます。そして、お供の定番はキオスクで売っている「マジックパール」のネット入りゆで卵。ほどよく染みこんだ塩味が絶妙で、日本企業の技術に感心しながら2個ともたいらげるのも毎度のことです。

もう少しお腹がすいているときは、「崎陽軒」の6個入りシウマイを。なんて酒のつまみにぴったりな量とひと口サイズ……。冷たいまま食べてもおいしいってすごいよなあと、ここでもひとつ感心したところで2本目のハイボールをプシュッ。そして、妄想するのが、「シウマイ弁当」のおかずのところだけを「崎陽軒のつまみ弁当」として売り出してくれないかしらということ。シウマイ（もちろん！）、鮪の漬け焼き、かまぼこ、鶏のからあげ、切り昆布、そしてハイボールによく合う杏の甘煮！　ああ、なんて酒のアテが詰まったおかずたち。実際は「お酒を飲むと米を食べないので、ごはんは不要なのよね」といつも弁当は買えずにいます。

そんな悩みを察してくれたのが（?）、東京のロングセラー駅弁「チキン弁当」のスピンオフ商品。もともとは「鶏のからあげ＋トマト風味ライス」という組み合わせの弁当だったのが、ここ数年「チキン弁当のからあげ」という名前で、からあげだけを別売りしていらっしゃる！　おお、なんてすばらしい……。なくならないでほしいので、せっせと購入強化中です。本来のチキン弁当のパッケージも、クラシックなオレンジのチェック柄ボックスでかわいいですよ。

それでは炭水化物は一切摂らないのかといえば、そうでもなく。私のイチ推しは東京駅や車内販売で買える「大船軒サンドウィッチ」。レトロなパッケージ通り、明治32年からあるサンドイッチ弁当で、蓋を開けるとそのシンプルっぷりにシビれてしまう。からしマヨネーズを塗ったパンにはさんであるのは、鎌倉ハムのボンレスハムとスライスチーズのみ！　これって、バーで出てくるサンドイッチじゃない？　きゅうりもレタスもトマトも入らず、ただハムだけ。チーズだけ。その潔さに、心の中では「呑めるサンドイッチ」と呼んでいます。

などと、これだけ熱く語るわりに、どれも家では食べないものばかり。お土産に買うようなことは決してしません。思えば、新幹線に乗る前にデパ地下へ行けば、もっときらびやかな食べ物がたくさん売っているはず。でもきっと、それはどこで食べても普通においしい。でも「新幹線の中で食べると、なぜかいっそうおいしいもの」。これだけは、新幹線に乗る人だけが味わえる、特別な楽しみみたいなものかもしれません。

（2019年9月）

梅の妊娠

植本一子

まだ梅雨も始まらない初夏のある日、自転車で走ったことのない道を探そうと、車通りのある道から脇道に入ってみた。車一台しか通れないような小道を進んでいくと、鬱蒼とした庭があった。東京でも空き家は増えているようで、はたからでもなんとなく家自体が沈んでいるように見える。この庭の奥にも家があり、そこも空気が止まっているようだった。

この家の庭には、雑草だけでなく、木も立派に植わっていた。人の手が入っていないせいか、新緑の季節らしく、若い葉がわさわさと盛り上がっている。私がこの庭に目を奪われたのは、ちょうど桑の実がたわわになっていたからだ。それも旬が過ぎていたようで、下には真っ黒く熟れた実が落ち、歩道にまではみ出してアスファルトを汚している。桑の実からは、ジャムか真っ赤なシロップが作れる。こんな都心で、ほとんど野生の桑の実があるなんて。おそらく誰も住んでいないから、この実が収穫されることはない。私のように見つけても、人の家のものだからと、もぐ人もいないのだろう。この家は、庭だけが生きている、そう思った。

それからは時々そこを通ることにした。桑の実が全部落ちてしばらくすると、梅らしい木もあることに気がついた。桑の実に目を奪われていて気が付かなかったが、よく見ると小さな青い実が、背の低い木いっぱいになっている。ちょうどこの時季、私は梅シロップを作るのを楽しみにしている。最近もスーパーで1キロ698円の出始めの梅を買ったばかりで、短い旬のうちにあと何回作れるだろう、と思っていたところだ。子ども達も大好きで、学校から帰ってきては勝手に梅ジュースを作って飲む。暑くなり始めたこの時季には欠かせない。

この梅も、桑の実と同じように、誰にも収穫されないままなのだろうか。

さすがに勝手に取るわけにもいかず、敷地内に入らないように気をつけながら、時々家の中の様子を見てみたりもした。やはり誰もいる様子はなく、鬱蒼とした庭の中に、近所で飼われているらしき毛並みの良い猫を見かけただけだった。

いっそ近所の人に、家主のことを聞いてみようかとも思ったが、結局は梅の実が育っていくのを観察するだけだった。青かった実がだんだん色づいていく。梅は熟すと黄色くなる。こうして木になったまま完熟するのかな、と思っていたら、実のサイズが徐々に大きくなっていた。梅は収穫しないと巨大化するのか、と特に気にすることもなく、そのうち忘れてしまった。

ある梅雨の晴れ間に久々にそこを通りがかって違和感を覚えた。いつの間にか実は赤みがかり、握りこぶしほどの大きさになっていたのだ。私はそれを見て、梅が妊娠した！　と驚いた。よく見ると、それは明らかに桃だった。私は狐につままれた気分で、梅のお母さんは桃なんだっけ？　と思った。目の前の丸い実をかじる想像をしてみると、酸っぱさで口の中には唾液が溢れた。

（２０１９年12月）

おせち、やりますか？

竹花いち子

まさか私がおせちを作るようになるなんて思っていなかった。子供の頃は特にあまーい食べ物が苦手で、伊達巻は怖かったし、栗きんとんは洗って栗だけ食べていた。お母さんが用意してくれるお重の世界でいちばん手が伸びたのはしょっぱめに味つけられた「たづなこんにゃく」だったかな。あとは蒲鉾をちぎってお茶漬けにしたりして、普通の食卓にもどる日までしのいでいたような私だ。

『タケハーナ』というお店をやっていた時、根菜のお煮しめをサラダにしたようなメニューを出したら、それを気に入ってくれた馴染みのお客さんが言った。「お正月にこういうものがあったらなあ」ってしみじみと。そりゃもうかなりしみじみと。そうかあ、そうだよね、私だけが伝統的なおせちに苦戦していた訳じゃないよね。食文化を守ることは大切だけど、食べられないんじゃね。どうせ私の料理はどこの何とも言えないチンピラ料理。笑。それを美味しいと言ってくれる人たちの手が伸びるおせち、作ってみようかなあってふと思ってしまったのだった。

おせちに入る食材にはそれぞれ意味のあるものが多い。見通しがいいように蓮根とか、子孫繁栄を願って数の子とか。そういうへりくつな感じ、嫌いじゃないから、そんな食材はそのまま使って、自由な解釈に変えていくのはけっこう楽しい。そうして思いつく限りをギュウギュウに詰め込んだおせちは思った以上に喜んでもらえたけれど、その仕込みったら思いもしないほどキツかった。だいたい日本はクリスマスとお正月が近すぎるんだよって何度グチったことか。クリスマスディナーや忘年会の仕込みとおせちの仕込みの同時進行。パーティーのお客さんを見送ったあと、「今日中（日付は変わっているけどね）にこの百合根饅頭を百六十個作らないと〜」とかスタッフみんなして。そんな状況で作り上げた四十近くの品数を一気に詰め込む大晦日はさらに緊張が加速する。用意した重箱にちゃんと入るのか。さすがにおせちだけは色鉛筆も駆使して原寸大の設計図を描くことにしているけれど、絵は絵だから。実際に詰めはじめると五ミリカットしなくちゃいけなくなったり、逆に隙間ができてしまって慌てたり。

詰めて包んで祈って、最後のお客さんに無事におせちを手渡せた瞬間。あれから令和一号に至るまで十五回くらい味わっているけど、あの達成感というか解放感というのか。たまらないんです。満面の笑みでおせちを取りに来てくれるお客さんたちに「ありがとう、よいお年を」って心まるごとで言わせてもらえるあの気持ち。
喜びとプレッシャー。おせちに関してだけはやたらナーバスになる私がいる。だからいつも来年はやるかどうか分からないって駄々っ子のように言ってしまう。月日がどんどん過ぎていく様子を「そうこうしてるとおせちの季節になっちゃうよ」って年中言ってるし。次、どうしよう。とにかく今年の十二月はゆっくり来てね。

（2020年3月）

厚岸の牡蠣とＳＮＳ

瀧波ユカリ

その男性は、両方の手に大きな牡蠣をひとつずつ握りしめ、仁王立ちをしていた。網やブイが寄せ集められた岸壁。青い空と鈍色の海。真っ赤なジャンパーとパンツ、ゴム長靴。その鮮やかなコントラストとは裏腹に、どこか困惑したような表情を浮かべている。

私の目はこの１枚の画像に釘付けになった。彼は厚岸《あっけし》の漁師だ。新型コロナウイルスの影響で牡蠣の出荷が止まっており、ネットショップを始めた。そのことをツイッターで告知しているのだ。昨今、同様のアカウントはたくさんある。生産者自身がＰＲすることも珍しくない。ＳＮＳに慣れていれば、大ぶりの牡蠣の身を見せながら、にっこりと笑うところだろう。しかし、彼は仁王立ちなのである。……応援したい。たくさん推して、支えたい。そしていつの日か、彼の笑顔の写真が見たい。私の胸から、熱い思いが湧き上がった。渾身の力を込めてリツイートした。

言うまでもないことだが、厚岸の牡蠣は最高である。大きく、味が濃い。口いっぱいに頬張れば、知覚のすべてが海に征服される。白旗をあげた脳に快感がほとばしる。額を押さえ、目を閉じる。蹂躙《じゅうりん》されている。もっと蹂躙されたい。して。懇願もむなしく、海は喉の奥に滑り下りていく。時が止まればいいのに。ただそう願うしかない自分の無力さを痛感する。

次の日、新しい画像がアップされた。大ぶりの牡蠣が入ったトロ箱を持って、彼が佇んでいる。寄りの構図で、前回よりも牡蠣が見やすくなった。表情はまだ不安げだ。これも真心を込めてリツイートした。牡蠣の見やすさが功を奏したのだろう、リツイート数はぐんぐん伸び、あっというまに数千に達した。いいぞ、いいぞ。牡蠣、売れろ。

反響が大きかったからか、それからはいろいろな画像がアップされるようになった。出荷前の牡蠣が並んでいる水槽、厚岸の夜の海。牡蠣の剝き方を説明する動画も上がった。添えられたテキストがまた温かい。「みんな安心して食べてな」「正直にやってます」。不慣れなＳＮＳに向き合って、一生懸命に牡蠣のことを伝えようとしている。実直で誠実な思いが伝わってくる。

たった数日で、注文は１０００件を超えたらしい。ネットショップは在庫ありの状態から、夏に向けての予約受付に切り替わった。リプライ欄は牡蠣を楽しみに待つ人や、すでに堪能した人の感想でにぎわっている。ああ、軌道に乗った。もう心配ない。安堵と、少しのさみしさ。駆け出しの頃から応援してきたアイドルが、武道館公演を果たした時とたぶん同じ気持ち。

なお、私は牡蠣をまだ堪能していない。牡蠣の大きさをMかLか迷っているうちに、在庫がなくなってしまったのだ。そして心残りがもうひとつ。まだ彼の笑顔の写真を見ていない！

そんなわけで、私の楽しみはこれからも続く。

（2020年7月）

食・触・職

樋口恵子

　高齢者の健康寿命の延伸は政府の方針でもあり、最近、いろいろな研究結果が官民問わず発表されている。健康寿命というのは、自立して日常生活が送れる期間のことで、大規模な健診のデータに基づいているという。直近の数字（二〇一六年）では、男性72・14歳、女性74・79歳で、それぞれ平均寿命との差は、男性8・84年、女性12・35年である。さまざまな機関の調査結果を見て、思わず吹き出した事例があった。家族と同居であっても、一人で食事＝孤食する男性は、家族と共に食事する男性に比べて、なんと死亡リスクが1・5倍高い、というのだ。

　こんな光景が目に浮かぶ。いわゆる小言幸兵衛で食事の間にも家族のアラを探して指示・命令・禁止を飛ばすお父さん。夕食の時間だけならまだしも、定年退職で朝昼晩ではまさに「ごはんがまずくなる」。夫不在の40年間に、妻や子どもたちも成長し、力を蓄えてきた。文字どおり箸の上げ下ろしに文句をつける父に、ある日、だれかが宣言する。「お父さん。そんなにいやなら自室まで運びますから、どうぞお一人で」。いきさつはともかく、「家族同居でも孤食」という男性が統計にとれるほどの数であることも驚きであった。

近年私は、高齢期の生き方に必要な三要素を「食・触・職」の三ショクと言っている。食はもちろん食べること。健康な生命保持に必要な最大の要素である。触はコミュニケーション。先に紹介した事例は、食事の栄養だけでなく、摂食にかかわるコミュニケーションの重要性を証明している。三つ目の職は読んで字のごとく働く機会。もはや賃金というより、ささやかでも地域の中で役立つ仕事があって、多少とも小遣いになればどれだけ張り合いがあることか。

今回のコロナ禍によって、三ショクのうちの少なくとも二つが消滅の危機にさらされている。「食」を「触」れ合いながら行うことが否定されて、感染回避のためには「孤食」が奨励されるありさまだ。「職」のかたちも変わり、孤食ならぬ「孤職」の時代が始まろうとしている。これがアフター・コロナの常識になるとすると、世の中も、個人の生きがいも、ずいぶん変わってくるのではないか。

すでに世の中は空前の家族減少社会に入り、私は「ファミレス（家族減少）社会」と呼んでいる。65歳以上の人を含む世帯構成は、一位が老夫婦のみ、二位が一人暮らしで計58・9パーセント、全体の約六割に達する。一九六〇年生まれの合計特殊出生率はきっちり2・00。今の

60歳以下はほとんど二人っ子以下。「長男・長女社会」である。しかもこの世代から下は非婚化がすすみ、男性は四人に一人が非婚で50歳を通過するという「大シングル社会」だ。
他人同士が、生存に必須の「食」を通してコミュニケーションを図る、「食」と「触」が両立する世の中を、アフター・コロナに求めたい。そうでないと孤食の人のほうが長生きする、という変な社会になりそうな気がする。

（2020年7月）

サイダーのつづき。

伊藤理佐

長野県の女は「寒天ゼリー」をつくるったら、つくる。「やめろ」と言ってもつくるが、だれも「やめろ」なんて言わない。こわくて。長野の女は、お祝いの時、そうでない時、とにかく人が集まる席では「鯉一匹まるごと甘露煮」の横に、鯉とほぼ同じ大きさの寒天ゼリーを並べないと気がすまない。女衆で、よってたかって、でっかくつくって、食べやすく切っといて、でっかいまま出す。プリンのような個人的カップに入ったゼリーなんぞは、長野では見たことがない。

寒天ゼリーは、「ゼリー」と呼ばれているが、デザートではない。最初から堂々とテーブルに並ぶ。で、箸で食べる。しかし「煮こごり」と違って、ビシッと甘い。テーブルの上の「明るい色係」なのかもしれない。食紅の「赤」か「緑」で、半透明。これがわたしの寒天ゼリーの記憶のはじまり。１９７０年代後半、小学生だった。

しばらくして、寒天ゼリー界に「牛乳」ブームがきた。この「牛乳寒天」は、子供にウケた。「もうすぐベストテン」扱いだったゼリーが翌週3位、久米宏と黒柳徹子と話してる！　みたいな感じ？　ゼリーを箸でもって「向こうが見えない」感も、フレッシュだった。そのすぐあとだったか。若いお母さん連中が、牛乳寒天に缶詰のミカンをキュッと浮かせた。「実が入ってる！」と、大人気。「白」つながりで「カルピス味」も出た。それを見たおばあちゃんチームが

「かーっ、おもしろくねーだ」

と、言ったか言わないか、甘い半透明にクルミを浮かせた。なんかシックでかっこよかった。これに若手が対抗、「グラデーション」時代に突入。少し固まってから次を流し込んで、濃い赤、薄い赤、透明が、ひとつの寒天の中に収まっている。その後、「二色グラデーション」の乱もおきた。赤、緑が、混ざることなく同じ寒天内に存在。時差で流し込みを何度繰り返したのか。これ、他のご馳走つくらなくて、ゼリーにかかりっきりじゃね？　と、ザワザワ。そこからの「牛乳寒天の上にミカンジュース寒天のせの二層見せ」などの、カラフル地層時代。果物ジュースが乱用された。

そして、黒船がきた。「サイダー」だ。な、なんと、寒天に混ぜられて上に逃げたけど逃げ

きれなかった甘いプチプチの泡が、グラデーションで固まっているのだ。あれは、事件だった。

ここで、わたしは上京してしまった。このあと、寒天ゼリーはどこへ走っていったのか。親戚はみんな歳をとって、その頃の子供たちは大人になっても付き合いが悪くて、集まりの席がなくなった。わたしが田舎でヨメにでも行って、それかムコでもとって、人が集まるような家に住んだり、人の家で料理を手伝うような付き合いをしていたら、どんな寒天ゼリーをつくってるんだろう。妄想する。

長野の話、となっているけど、すみません、伊藤家の話。「実話に基づいたフィクションです。」と、書かなきゃ、だっけ？


（2020年7月）

んめとごだけ、け

くどうれいん

産地で生産者と共においしい食べ物を紹介するようなテレビ番組を見ていると、畑で収穫するシーンでかならずと言っていいほど

「ぜひそのまま生で齧ってみてください」

「ええっ、生で?」

「はい、とってもみずみずしくて甘いんですよ」

などというやりとりがある。普段から生で食べる野菜ならともかく、ふつうは生で食べないような野菜にも、そういう流れがあったりする。農家である亡くなった祖母はもともと口がわるいおばあちゃんだったが、そういうやりとりを見ると「だありゃ、ばかくせ」と、より口がわるくなって、やさしい祖父まで「煮だり焼いだりしたほうが、んめじゃやな《おいしいのにな》」と豪快に笑いながら言うのだった。生で食べるよりおいしい方法があるのだから、わざわざ意を決してまで生

で食べさせる意味はない。そりゃあそうだな、と幼心に思って、それ以来なんども遭遇するそういった演出を見るたび「だありゃ、ばかくせ」と思う子供に育った。

　夏になると、きゅうり、トマト、なす、ピーマン、しそ、オクラ。畑では一日ごとに恐ろしい量の夏野菜が採れる。とてもではないが、六人家族でも食べきれるような量ではなかった。夕飯前に祖母について畑へいくと、かたちがいいものだけ収穫して、虫食いのものや、いびつなものは迷いなく捥《も》いでそのまま地面に捨てた。

「んめとごだげ、け《おいしいところだけ食べなさい》」

　と、よく言われた。作ってくれた人に感謝して、食べ物は粗末にしない。と小学校では習ったが、その真逆のことを生産者である祖父母が言うので、不思議なきもちがした。食べ物を慈しみ、向き合って暮らすとはどういうことなのだろう。それからしばらくしても、わたしは「食育」や「オーガニック」とどのように向き合えばいいのか、なんとも複雑なきもちになるのだった。

　しかし、仙台の大学へ進学し、ひとり暮らしをしていたある日。夏の厨《くりや》で三角コーナーを片付けるとき、その一瞬の臭いにはっとした。晩夏の畑には、腐乱した野菜が置かれた場所があったことを突然思い出したのだった。畑の隅には鳥にやられたすいか、育ちすぎたきゅうり、色の変わったピーマン、収穫の終わった野菜の蔓や茎などが山のようになって、とても鮮やかに、朽ちていた。夏の気温に曝されて、それらはむわりとした臭いを発したが、不思議と、嫌な気はしなかった。ああ。濡れた手で厨に立ったまま、わたしは思う。農業をやるというのは、四季の中でそういう巨大な腐敗をなんども見ることではないか。いつかは腐敗するものの中から、自分が食べるものを選んで、捥ぎ取るということの繰り返しではないか。

いずれすべて朽ちる。そうであればなるべくおいしいところを選んだほうがよい。「んめとごだげ、け」。わたしはその一言に、何か人生にも通じるような大きなメッセージを感じずにはいられない。

（2021年7月）

飯菜の味について

町田　康

昔から歌詞に食べ物のことを詠み込む癖があり、詩の題や詩句にも食べ物がよく出てくる。以前は、うどん、をよく詠み込んで、「うどん妻」という題の詩があったり、『うどんのなかの世界』という題の曲があるなどする。

それゆえ、「さぞかしうどんがお好きなのでしょう」と言われるが、特段、好きというわけではない。かといって嫌いな訳ではないが、私にとって、うどん、とはそのように偏愛して、わざわざ名店を訪ねたり、取り寄せたりして賞玩するものではなく、当たり前のように日常に存して、特に感慨なく食し、うまいと思っても、うまくないと思っても、これを言葉で表すことはない、という類のものである。

と言って改めて思うのは、身にとってはすべての食がそうであるのかも知れぬ、ということで、人が、「なにがうまい、かにがうまい」と、言葉で食を表現することに、言葉にならぬ違和感を抱いてきた。

人はなにかを見たり聞いたりした場合、これを「快」と感じ、或いは、「不快」と感じる。そしてまた、「善い」と思い、「悪い」と考えるが、この二つはまったく違って、混じり合わぬ事ではないのか。

自分が、「快」と感じたものを、他人と共有できないのは、それが感じたことだからである。自分が、「善い」と考えたものを他人と共有できるのは、それが考えたことだからである。なぜというに、言葉にした瞬間、なにもかもが考えになってしまうからである。

だから感じることは絶対的である。音楽や小説を「好き」「嫌い」で評価する人がある。それは絶対的である。音楽や小説を聴き、また読んで、心地よい、と感じることは絶対的である。飯を食べて、「うまい」「あまりうまくない」「まずい」と感じるのと同じである。だからこれを「善い」「悪い」に結びつけることは慎むべきである。自分が「快」だから「善」、「不快」だから「悪」、というのは幼児の理屈である。しかしいろんな局面で人はそうした判断をしてしまう。

とはいうものの「快」と感じたとき、同じような「快」を言葉によって創り出したい、言葉によって人に伝えたい、と思ってしまうのが人間の特質で、人間である以上、それを避けることはできない。だから、ついつい詩や歌詞を書いてしまう。小説に筋に不要と思われる食事の情景を書いてしまう。

と思うから日々の食事はなるべくそうした気持ちにならないような、ごくつまらない粗末なものにするよう心懸けている。それでも、「うどん玉・バカンス・うどん」といった詩を書き、『犬とチャーハンのすきま』という題のアルバムを出してしまった。悲しいことだ。

ここまで書いたら腹が減ってきたのでこれから飯を炊き菜を拵える。その際、私は「釜炊き三昧」という名前の羽釜を使い、ストウブという名前の鍋を使用している。それで拵えた飯菜の味について書くことは、右のような理由で差し控える。申し訳ござらぬ。

（2019年12月）

牛のしっぽと人生の喜び

津島佑子

最近、大阪に行く用があって、ついでに鶴橋に立ち寄った。「コリアン・タウン」としてあまりに有名な一帯で、駅に着くやいなや焼き肉のにおいが感じられ、大いに食欲を刺激される。そんな鶴橋で、「在日」のひとたちを口汚くののしる「デモ隊」がのし歩くようになっていると聞き、それが本当ならとんでもないことだと心配になったのも、鶴橋に立ち寄った動機のひとつだった。けれどさいわい、私が訪れたその日は平和そのもので、ほっと一安心。早速、適当な店に入って、本格的な韓国料理を楽しみ、韓国風お茶まで堪能した。道の両側では、チヂミやナムル、キムチなどがにぎやかに売られている。どれを買おうかな、と悩みつつ歩いていたら、牛のしっぽ、つまりオックステールが売られていた。東京のスーパーなどでは、めったにお目にかかれない牛のしっぽ。私はときどき、強烈にオックステール・シチューを食べたくなる。なのに、わが家の近所では肝心の牛のしっぽを見つけるのがむずかしい。その飢餓感が常にあるので、どこであろうと、牛のしっぽを見つけたら必ず買うことにしている。というわけで、当然、鶴橋で見つけた牛のしっぽを浮き浮きと買い求めた。

新幹線で東京に戻ってからすぐに、牛のしっぽを鍋の水に入れ、煮はじめた。つぎの日も煮つづけ、三日め、ついに牛のしっぽは骨と肉の部分が離れ、私の求めるシチューができあがった。塩で味付けし、青菜もちょっと入れ、さあ食べようとして、ふと、これはひょっとして韓国のソルロンタンと同じものなのではないか、という「重大な疑い」におそわれた。

まったく、ばかげたことに、私は自分の作っているものはオックステール・シチューだと長いこと信じつづけていた。一方、韓国の食材を扱う店で牛のしっぽが売られている事実を知っていて、なおかつ本物のソルロンタンも好んで食べていたくせに、我流のオックステール・シチューとソルロンタンを結びつけて考えることができないままでいた。そもそもいつ頃だったか、偶然どこかのスーパーで牛のしっぽを見つけ、料理方法もわからず、いい加減に調理してみたら、案外それがおいしくて、以来、勝手にオックステール・シチューと呼んでいただけのこと。

あわてて、パソコンでソルロンタンの料理方法を調べ、私の「疑惑」が正しかったことを確認し、「大発見」の興奮に包まれた。手探りで作っていた自分の料理が突如、ソルロンタンという名前を持つ、由緒正しい韓国料理に生まれ変わってしまった。感動しないわけにいかない。今まで韓国部門と私個人の領域は、私の脳内でまったく別の部分に属していたのだろう。だから、こんな単純なことに気がつかなかった。思いこみというものの頑迷さを思い知らされた。そう、私の感動はひとつの思いこみから解放された喜びでもあった。大げさではなく、私にとって世界の一部分がこれで変わったことになる。

こうした感動とときどきなにげなく巡り会えるからこそ、人生捨てたものではない、と私などは改めて思うのだ。

（2013年9月）

著者紹介

中島京子（なかじま・きょうこ）

1964年東京都生まれ。小説家。2003年『FUTON』でデビュー。10年『小さいおうち』で直木賞、14年『妻が椎茸だったころ』で泉鏡花文学賞、15年『かたづの！』で河合隼雄物語賞と柴田錬三郎賞、同年『長いお別れ』で中央公論文芸賞、22年『ムーンライト・イン』と『やさしい猫』で芸術選奨文部科学大臣賞を受賞。その他受賞著書多数。近著に初のエッセイ集『小日向でお茶を』。

辰巳芳子（たつみ・よしこ）

1924年東京都生まれ。料理家、随筆家。料理研究家の草分けだった母・浜子のもとで家庭料理を学ぶ一方、国内外で西洋料理の研鑽を重ねる。父の介護を通してスープに開眼し、96年にスープ教室「スープの会」を主宰。広い視野と深い洞察に基づき、日本の食文化、食と命の関わりを提言し続けている。著書に『あなたのためにいのちを支えるスープ』など著書多数。

酒井順子（さかい・じゅんこ）

1966年東京都生まれ。エッセイスト。高校時代より雑誌『オリーブ』に寄稿し、大学卒業後、広告代理店勤務を経て執筆専業に。2004年『負け犬の遠吠え』で講談社エッセイ賞、婦人公論文芸賞を受賞。30代以上・未婚・子ナシ女性を指す「負け犬」は流行語にもなった。著書に『ユーミンの罪』『ガラスの50代』『うまれることば、しぬことば』『女人京都』など多数。

ホルトハウス房子（ほるとはうす・ふさこ）

1933年東京都生まれ。料理研究家。米国人男性との結婚を機に、アメリカやアジア各地で生活をし、さまざまな味に親しみながら料理の腕を磨く。70年代から数々のテレビや雑誌、自宅・鎌倉山の料理教室にて、西洋料理と洋菓子を伝えている。94年、自宅の一角に洋菓子店「ハウス オブ フレーバーズ」を開店。『ホルトハウス房子のお菓子』など著書多数。

小川 糸（おがわ・いと）

1973年山形県生まれ。小説家。2008年『食堂かたつむり』で小説家デビュー。同作は10年に映画化され、11年イタリアのバンカレッラ賞、13年フランスのウジェニー・ブラジエ賞を受賞。その後著書『つるかめ助産院』『ツバキ文具店』『ライオンのおやつ』がテレビドラマ化。『キラキラ共和国』『とわの庭』など著書多数。

植松 黎（うえまつ・れい）

1948年東京都生まれ。エッセイスト。79年に『ポケット・ジョーク』第1巻を刊行。23巻と番外編まで続いた。86年カリフォルニア大学サンタバーバラ校に客員として招かれ1年間遊学。その頃から毒草と親しむ。著書に『毒草の誘惑』『カラー図説 毒草の誘惑 美しいスズランにも毒がある』『毒草を食べてみた』など多数。

平松洋子（ひらまつ・ようこ）

1958年岡山県生まれ。作家、エッセイスト。主に食文化や文芸をテーマに執筆。2006年『買えない味』でドゥマゴ文学賞、12年『野蛮な読書』で講談社エッセイ賞、22年『父のビスコ』で読売文学賞（随筆・紀行賞）を受賞。『食べる私』『肉とすっぽん』『おあげさん』『ルポ 筋肉と脂肪 アスリートに訊け』など著書多数。

石 紀美子（いし・きみこ）

東京都生まれ。NHK番組ディレクターを経て、2000年から03年までサラエボの国連機関で戦後復興プロジェクトに従事。現在は米サンフランシスコに在住。著書に『鉄条網の世界史』（父・石 弘之と共著）、プロデュース映画に『バオバブの記憶』。

渡辺有子（わたなべ・ゆうこ）

東京都生まれ。料理家。季節や素材の味を大切にしたシンプルな料理を得意とし、書籍、雑誌、広告などを中心に活躍。2015年に料理教室「FOOD FOR THOUGHT」をスタート。著書『サンドイッチの時間』『料理と私』『渡辺有子の家庭料理』『「献立」と「段取り」』『渡辺有子のおいしさのもと』など多数。

梨木香歩（なしき・かほ）

1959年生まれ。『西の魔女が死んだ』で作家デビュー。小説に『丹生都比売《におつひめ》 梨木香歩作品集』『西の魔女が死んだ 梨木香歩作品集』『家守綺譚』『海うそ』『僕は、そして僕たちはどう生きるか』等、随筆に『エストニア紀行』『鳥と雲と薬草袋／風と双眼鏡、膝掛け毛布』『ほんとうのリーダーのみつけかた』『ここに物語が』『物語のものがたり』等、他に絵本、児童書等多数の著書がある。

にむらじゅんこ

1970年静岡県生まれ。比較文化研究者。白百合女子大学文学部准教授。専門は東アジアの近代化、フランス植民地文化、近代美術、食文化。著書に『パリを遊びつくせ！』『しぐさで伝えるフランス語』『おいしいフランス語』『ふだん着のパリ住まい』『クスクスの謎』『常玉 モンパルナスの華人画家』など。

横川　潤（よこかわ・じゅん）

1962年長野県生まれ。エッセイスト、食評論家、亜細亜大学教授。2000年に座談会式の年刊レストラン評価本『東京最高のレストラン』を企画立案し、定番グルメガイドとなる。著書に『レストランで覗いたニューヨーク万華鏡』『美味しくって、ブラボーッ！』『絶対また行く料理店101』など多数。

川本三郎（かわもと・さぶろう）

1944年東京都生まれ。評論家、翻訳家。評論の対象は文学、映画、漫画、東京、旅など多岐にわたる。91年『大正幻影』でサントリー学芸賞、97年『荷風と東京』で読売文学賞（評論・伝記賞）、2003年『林芙美子の昭和』で毎日出版文化賞、桑原武夫学芸賞、12年『白秋望遠』で伊藤整文学賞を受賞。著書多数。

田部井淳子（たべい・じゅんこ）

1939年福島県生まれ。登山家。75年に女性として初めて世界最高峰エベレストの登頂に成功。92年には女性初の7大陸最高峰登頂者となる。グルカ・ダクシン・バフ賞（ネパールの最高勲章）、文部省スポーツ功労賞、内閣総理大臣賞など受賞多数。『タベイさん、頂上だよ』『それでもわたしは山に登る』など登山に関する著書多数。2016年逝去。

塩野米松（しおの・よねまつ）

1947年秋田県生まれ。作家。聞き書きの名手で、失われてゆく伝統文化、技術の記録に精力的に取り組む。著書に『手業に学べ』『木のいのち木のこころ』など多数。2003年絵本『なつのいけ』（絵・村上康成）で日本絵本賞大賞を受賞。同年、作家活動を讃え、国際天文連合より小惑星11987にYONEMATSUの名が授与された。小説で芥川賞候補4回。

日野明子（ひの・あきこ）

1967年神奈川県生まれ。ひとり問屋。商事会社勤務を経て99年に独立、「スタジオ木瓜」を設立し、生活雑貨の問屋業を個人ではじめる。百貨店やギャラリーなどの販売店と作家や産地をつなぐ問屋業、生活用具の展示会の他、日本の地場産業のアドバイスなども行う。著書に『台所道具を一生ものにする手入れ術』など。

松岡正剛（まつおか・せいごう）

1944年京都府生まれ。編集工学研究所所長、イシス編集学校校長、角川武蔵野ミュージアム館長。情報文化と情報技術をつなぐ研究開発に多数かかわるとともに、編集的世界観に基づく日本文化研究に従事。94年『ルナティックス』で斎藤緑雨賞を受賞。2000年からブックナビゲーションサイト「千夜千冊」を展開。『知の編集工学』など著書多数。

小川洋子（おがわ・ようこ）

1962年岡山県生まれ。小説家。88年「揚羽蝶が壊れる時」で海燕新人文学賞を受賞。91年『妊娠カレンダー』で芥川賞、2004年『博士の愛した数式』で読売文学賞、本屋大賞、『ブラフマンの埋葬』で泉鏡花文学賞、06年『ミーナの行進』で谷崎潤一郎賞を受賞。翻訳された作品も多く、海外での評価も高い。

平野レミ（ひらの・れみ）

東京都生まれ。料理愛好家、シャンソン歌手。父は仏文学者の平野威馬雄、夫はイラストレーターの和田誠。「シェフ料理」ではなく「シュフ料理」をモットーに、メディアや著書で数々のアイデア料理を発信し、明るく元気なライフスタイルを提案している。2022年『おいしい子育て』で料理レシピ本大賞・エッセイ賞を受賞。『平野レミのオールスターレシピ』『エプロン手帖』他著書多数。

小島千加子（こじま・ちかこ）

1928年東京都生まれ。編集者、文芸評論家、詩人。48年新潮社入社。『新潮』編集部にて森茉莉や三島由紀夫、檀一雄、吉行理恵らを担当。特に森茉莉とは、87年に森茉莉が亡くなるまで29年間にわたって親交を結んだ。出版部・副部長職兼務を経て88年に退社し、文筆業に専念。著書に『三島由紀夫と檀一雄』『作家の風景』詩集『虹のかけ橋』などがある。

森枝卓士（もりえだ・たかし）

1955年熊本県生まれ。写真家、ジャーナリスト。高校在学中、アメリカ人写真家ユージン・スミスと水俣で出会い親交を深め、写真家を志す。東南アジアを中心に世界中で取材活動を行い、食にまつわる著書などを多数発表。2017年『干したから……』で日本絵本賞を受賞。著書『食の冒険地図』『食べもの記』『カレーライスと日本人』他。

小泉武夫（こいずみ・たけお）

1943年福島県生まれ。農学博士、文筆家。東京農業大学名誉教授。福島県の酒造家に生まれ、専門は食文化論、発酵学、醸造学。食に関わる様々な活動を通して発酵の魅力を広く伝えており、食にまつわる著書は約150冊を数える。日本醸造協会伊藤保平賞や三島雲海学術奨励賞など受賞多数。『中国食材考』『未来へ伝えたい日本の伝統料理』など受賞著書多数。

阿川佐和子（あがわ・さわこ）

1953年東京都生まれ。報道番組のキャスターを務めた後に渡米。帰国後、エッセイスト、小説家として活動。99年『ああ言えばこう食う』（檀ふみとの共著）で講談社エッセイ賞、2000年『ウメ子』で坪田譲治文学賞、08年『婚約のあとで』で島清恋愛文学賞、14年菊池寛賞を受賞。著書『聞く力』『母の味、だいたい伝授』など。

細川亜衣（ほそかわ・あい）

1972年岡山県生まれ。料理家。大学卒業後イタリアへ渡り、帰国後は料理に関する著作活動や料理教室を開く。2009年結婚を機に熊本県に移住。「taishoji」にて、料理教室や工芸など各分野の展示会を主宰する。著書に『野菜』『朝食の本』『旅と料理』『料理集 定番』『taishoji cookbook 1・2』など。

野村友里（のむら・ゆり）

東京都生まれ。料理人。長年おもてなし教室を開く母の影響で料理の道に。おいしく楽しい食で、人と人をつなぐフードクリエイティブ・チーム「eatrip」主宰。「restaurant eatrip」、食材店「eatrip soil」も運営する。著書に『eatlip gift』『春夏秋冬 おいしい手帖』『Tokyo Eatrip』『TASTY OF LIFE』など。

出久根達郎（でくね・たつろう）

1944年茨城県生まれ。作家。東京・月島の古書店に勤務後、73年に東京・杉並区で古書店「芳雅堂」を開く（現在閉店）。その傍ら作家デビュー。92年『本のお口よごしですが』で講談社エッセイ賞、93年『佃島ふたり書房』で直木賞を受賞。2015年『短篇集半分コ』で芸術選奨文部科学大臣賞を受賞。他著書多数。

青柳いづみこ（あおやぎ・いづみこ）

1950年東京都生まれ。ピアニスト、文筆家。89年論文『ドビュッシーと世紀末の美学』で東京芸術大学より学術博士号を授与。90年文化庁芸術祭賞、99年『翼のはえた指』で吉田秀和賞、2001年『青柳瑞穂の生涯』で日本エッセイスト・クラブ賞、09年『六本指のゴルトベルク』で講談社エッセイ賞を受賞。

植島啓司（うえしま・けいじ）

1947年東京都生まれ。宗教人類学者。東京大学大学院人文科学研究科博士課程修了後、シカゴ大学大学院に留学。M・エリアーデのもとで研究を続ける。NYニュースクール・フォー・ソーシャルリサーチ客員教授、関西大学教授、京都造形芸術大学教授などを歴任。著書に『聖地の想像力』『日本の聖地ベスト100』など多数。

桐島洋子（きりしま・ようこ）

1937年東京都生まれ。作家。文藝春秋に勤務後、フリージャーナリストとして海外各地を放浪し、ベトナム戦争の従軍記者として最前線へ。70年『渚と澪と舵』で作家デビュー。未婚のまま三姉弟を育て上げ、「女性の自立と成熟」の象徴的存在に。72年『淋しいアメリカ人』で大宅壮一ノンフィクション賞を受賞。『聡明な女は料理がうまい』など著書多数。

森まゆみ（もり・まゆみ）

1954年東京都生まれ。文筆家、編集者。「谷根千・記憶の蔵」主宰。出版社勤務を経てフリー編集者に。84年に地域雑誌『谷中・根津・千駄木』を創刊（2009年終刊）。その傍らノンフィクション作家、エッセイストとしても活躍。97年『鷗外の坂』で芸術選奨文部科学大臣新人賞、03年『「即興詩人」のイタリア』でJTB紀行文学大賞、14年『「青鞜」の冒険』で紫式部文学賞を受賞。

嵐山光三郎（あらしやま・こうざぶろう）

1942年静岡県生まれ。作家。雑誌編集者を経て、作家活動に入る。88年『素人庖丁記』で講談社エッセイ賞、2000年『芭蕉の誘惑』（後に『芭蕉紀行』と改題）でJTB紀行文学大賞、『悪党芭蕉』で06年に泉鏡花文学賞、07年に読売文学賞（評論・伝記賞）を受賞。『文人悪食』『漂流怪人・きだみのる』『年をとったら驚いた！』など著書多数。

青山潤（あおやま・じゅん）

1967年神奈川県生まれ。海洋生命科学研究者、エッセイスト。東京大学大気海洋研究所教授、同研究所大槌沿岸センター長。『アフリカにょろり旅』で2007年に講談社エッセイ賞、11年に酒飲み書店員大賞を受賞。著書に『うなドン　南の楽園にょろり旅』『にょろり旅・ザ・ファイナル』など。

佐々涼子（ささ・りょうこ）

1968年神奈川県生まれ。ノンフィクション作家。2012年『エンジェルフライト　国際霊柩送還士』で開高健ノンフィクション賞を受賞。14年『紙つなげ！　彼らが本の紙を造っている』で新風賞特別賞、ダ・ヴィンチ「BOOK OF THE YEAR 2014」など8冠に輝く。20年『エンド・オブ・ライフ』で本屋大賞・ノンフィクション本大賞を受賞。他著書に『ボーダー　移民と難民』など。

いしいしんじ

1966年大阪府生まれ。作家。大学卒業後にリクルートで雑誌編集に従事するも、著述活動を始めて退職。94年『アムステルダムの犬』で表現活動を開始。2003年『麦ふみクーツェ』で坪田譲治文学賞、12年『ある一日』で織田作之助賞大賞、16年『悪声』で河合隼雄物語賞を受賞。『みずうみ』『書こうとしない「かく」教室』など著書多数。

立川談春（たてかわ・だんしゅん）

1966年東京都生まれ。落語家、俳優。84年17歳で落語家・立川談志に入門。97年真打ち昇進。同年林家彦六賞、2003年彩の国落語大賞、04年国立演芸場花形演芸大賞を受賞。08年『赤めだか』で講談社エッセイ賞を受賞。同作はTBSでドラマ化された。15年TBSドラマ『下町ロケット』では俳優としての出演が話題に。

村田喜代子（むらた・きよこ）

１９４５年福岡県生まれ。小説家。87年「鍋の中」で芥川賞を受賞。90年『白い山』で女流文学賞、92年『真夜中の自転車』で平林たい子文学賞、97年『蟹女』で紫式部文学賞、98年「望潮」で川端康成文学賞、２０１４年『ゆうじょこう』で読売文学賞、19年『飛族』で谷崎潤一郎賞、21年『姉の島』で泉鏡花文学賞を受賞。

小池真理子（こいけ・まりこ）

１９５２年東京都生まれ。作家。89年「妻の女友達」で日本推理作家協会賞・短編部門を受賞。95年『恋』で直木賞、98年『欲望』で島清恋愛文学賞、２００６年『虹の彼方』で柴田錬三郎賞、12年『無花果の森』で芸術選奨文部科学大臣賞、13年『沈黙のひと』で吉川英治文学賞、22年日本ミステリー文学大賞を受賞。著書多数。

大貫妙子（おおぬき・たえこ）

１９５３年東京都生まれ。シンガーソングライター。73年、山下達郎らとシュガー・ベイブを結成。75年にアルバム『SONGS』をリリース、76年に解散。同年『Grey Skies』でソロデビュー。日本のポップミュージックにおける女性シンガーソングライターの草分けのひとりとして、多くのオリジナル・アルバムをリリース。エッセイや紀行文も人気で、『私の暮らしかた』など著書多数。

斎藤由香（さいとう・ゆか）

１９６２年東京都生まれ。父は作家の北杜夫。サントリー社員・エッセイスト。著書に週刊新潮の連載をまとめた『窓際ＯＬ　トホホな朝ウフフな夜』『窓際ＯＬ　会社はいつもてんやわんや』『パパは楽しい躁うつ病』、歌人・斎藤茂吉の妻であり、祖母輝子の生涯を描いた『猛女とよばれた淑女― 祖母・齋藤輝子の生き方』など。

皆川博子（みながわ・ひろこ）

１９３０年旧朝鮮京城市生まれ。物語書き。ミステリ、幻想、歴史、時代小説を主に創作。85年『壁・旅芝居殺人事件』で日本推理作家協会賞、86年『恋紅』で直木賞、98年『死の泉』で吉川英治文学賞、２０１２年『開かせていただき光栄です』で本格ミステリ大賞を受賞。同年に日本ミステリー文学大賞、22年に毎日芸術賞を受賞。他受賞著書多数。

池上冬樹（いけがみ・ふゆき）

１９５５年山形市生まれ。立教大学文学部卒。文芸評論家。２０１４年より宮城学院女子大学非常勤講師、19年より22年まで東北芸術工科大学文芸学科教授。週刊文春、共同通信などで活躍中。著書に『ヒーローたちの荒野』『週刊文春ミステリーレビュー2011-2016［海外編］名作を探せ！』他。各文学賞の予選委員・下読み多数担当。文庫解説は４００本以上。

高橋秀実（たかはし・ひでみね）

1961年横浜市生まれ。東京外国語大学モンゴル語学科卒業。2011年『ご先祖様はどちら様』で小林秀雄賞、13年『「弱くても勝てます」開成高校野球部のセオリー』でミズノスポーツライター賞優秀賞を受賞。著書『からくり民主主義』『はい、泳げません』『おやじはニーチェ　認知症の父と過ごした436日』など。

佐川光晴（さがわ・みつはる）

1965年東京都生まれ。小説家。2000年「生活の設計」で新潮新人賞を受賞して小説家デビュー。02年『縮んだ愛』で野間文芸新人賞、11年『おれのおばさん』で坪田譲治文学賞、19年『駒音高く』で将棋ペンクラブ大賞文芸部門優秀賞を受賞。屠畜場で働いた経験を基にしたノンフィクション作品『牛を屠る』の他、『猫にならって』など著書多数。

伊藤たかみ（いとう・たかみ）

1971年兵庫県生まれ。小説家。95年、早稲田大学政治経済学部在学中に「助手席にて、グルグル・ダンスを踊って」で文藝賞を受賞し小説家デビュー。2000年『ミカ！』で小学館児童出版文化賞、06年『ぎぶそん』で坪田譲治文学賞、同年『八月の路上に捨てる』で芥川賞を受賞。『はやく老人になりたいと彼女はいう』など著書多数。

内田洋子（うちだ・ようこ）

1959年兵庫県生まれ。ジャーナリスト。大学卒業後、イタリアのニュースと写真を日本のマスコミに配信する会社を立ち上げる。2011年『ジーノの家　イタリア10景』で日本エッセイスト・クラブ賞、講談社エッセイ賞を受賞。20年イタリア書店員連盟から外国人で初めて、『金の籠賞』を授賞される。近著『イタリア暮らし』。

田原 牧（たはら・まき）

1962年北海道生まれ。ノンフィクション作家、東京新聞（中日新聞東京本社）論説委員兼編集委員、季刊『アラブ』（日本アラブ協会）編集委員。2014年、『ジャスミンの残り香──「アラブの春」が変えたもの』で開高健ノンフィクション賞を受賞。著書に『イスラーム最前線』『ネオコンとは何か』『人間の居場所』など。

鳥居啓子（とりい・けいこ）

1965年東京都生まれ。米国ワシントン大学教授を経て、2019年よりテキサス大学オースティン校冠教授。ハワード・ヒューズ医学研究所正研究員、名古屋大学トランスフォーマティブ生命分子研究所客員教授を兼任。2005年日本女性科学者の会奨励賞、08年日本学術振興会賞、14年井上学術賞、15年猿橋賞、アメリカ植物生理学会フェロー賞、22年朝日賞を受賞。

川上弘美（かわかみ・ひろみ）

1958年東京都生まれ。作家、俳人。94年「神様」でパスカル短篇文学新人賞を受賞。96年「蛇を踏む」で芥川賞、2000年『溺レる』で伊藤整文学賞、女流文学賞、01年『センセイの鞄』で谷崎潤一郎賞、07年『真鶴』で芸術選奨文部科学大臣賞、15年『水声』で読売文学賞、16年『大きな鳥にさらわれないよう』で泉鏡花文学賞を受賞。他受賞著書多数。

伊達公子（だて・きみこ）

1970年京都府生まれ。テニスプレーヤー。94年アジア出身女子選手初のWTA世界ランキングトップ10入りし（自己最高位4位）、数々の記録を樹立して96年に引退。2008年37歳で現役復帰。ウィンブルドン3回戦進出の最年長記録を保持、17年に2度目の引退表明。日本プロスポーツ大賞（殊勲賞・特別賞）など受賞多数。

工藤ノリコ（くどう・のりこ）

1970年神奈川県生まれ。絵本作家、漫画家。99年『コバンツアーかぶしきがいしゃ』でデビュー。2012年『ノラネコぐんだんパンこうじょう』を刊行。以来『ノラネコぐんだん』シリーズが累計250万部超えの大ヒットをし、MOE絵本屋さん大賞パパママ賞にて5作連続第1位。著書に『ノラネコぐんだんコミック』、絵本『ピヨピヨ』シリーズ『ペンギンきょうだい』シリーズなど。

太田和彦（おおた・かずひこ）

1946年生まれ、長野県出身。グラフィックデザイナー、居酒屋探訪家。資生堂の宣伝制作室でアートディレクターを務めて独立。居酒屋探訪に関する著作活動や、TV番組「太田和彦のふらり旅　新・居酒屋百選」出演もライフワークとしている。著書に『居酒屋百名山』『居酒屋と県民性』『書を置いて、街に出よう』など多数。

上野万梨子（うえの・まりこ）

東京都生まれ。料理家。1976年にル・コルドン・ブルー・パリ校を卒業後、東京でフランス料理教室を主宰。80年刊行の初著書『シンプルフランス料理』を皮切りに、家庭で軽やかにフレンチを楽しむ時代への新しい流れを作り、雑誌やTVなどでも活躍。著書『小さなフランス料理の本』『アペロでパリをつまみ食い』他多数。91年よりパリを拠点に発信を続けている。

後藤繁榮（ごとう・しげよし）

1951年岐阜県生まれ。フリーアナウンサー。75年NHKにアナウンサーとして入局。料理番組「きょうの料理」司会や「ラジオ深夜便」の担当を長年務め、ダジャレを交えた親しみやすい語り口が視聴者の人気となる。2005年ギャラクシー賞奨励賞を個人受賞。16年よりフリーに。著書に『「きょうの料理」のヒミツ』『後藤アナのダジャレ教室』など。

紺野美沙子（こんの・みさこ）

1960年東京都生まれ。女優。80年NHK連続テレビ小説『虹を織る』のヒロイン役で人気を博す。ドラマ『武田信玄』、舞台『細雪』など数々の作品に出演。98年から国連開発計画親善大使を務め、2010年から「紺野美沙子の朗読座」を主宰。22年から横綱審議委員を務める。他受賞歴多数。

旦敬介（だん・けいすけ）

1959年生まれ、東京都出身。作家、翻訳家、明治大学教授。専門はラテンアメリカ文学、アフロ・ラテンアメリカ文化。マドリード、サルヴァドール、ナイロビを拠点として英語、スペイン語、ポルトガル語の文芸翻訳や、雑誌のライターとして活動後、98年から教壇に立つ。2014年『旅立つ理由』で読売文学賞（随筆・紀行賞）を受賞。

沢野ひとし（さわの・ひとし）

1944年愛知県生まれ。イラストレーター、エッセイスト、絵本作家。児童出版社勤務を経て、独立。椎名誠の著書をはじめ、『本の雑誌』の表紙とイラストを創刊号より担当するなど数多くの挿絵を手掛ける。91年講談社出版文化賞さしえ賞を受賞。登山愛好家でもあり、『人生のことはすべて山に学んだ』など登山に関するエッセイ&イラスト集も多数。

佐藤真理恵（さとう・まりえ）

1981年山形県生まれ。国際基督教大学、関西学院大学他非常勤講師。京都大学博士。専門は西洋古典学・古代美術（古代ギリシア）。2016年提出の博士論文をもとに上梓した著書『仮象のオリュンポス　古代ギリシアにおけるプロソポンの概念とイメージ変奏』で、19年表象文化論学会奨励賞を受賞。

旦部幸博（たんべ・ゆきひろ）

1969年長崎県生まれ。医学博士、滋賀医科大学准教授。専門は微生物学、がんに関する遺伝子学。コーヒー研究家としても知られ、96年頃よりコーヒー専門サイト「百珈苑」を主宰。『コーヒー　おいしさの方程式』（田口護と共著）『コーヒーの科学』など、コーヒー好きのバイブル的著書も多数。2018年『珈琲の世界史』で辻静雄食文化賞を受賞。

竹下隆一郎（たけした・りゅういちろう）

1979年千葉県生まれ。映像番組を軸としたビジネス映像メディア「PIVOT」チーフ・グローバルエディター。朝日新聞社経済部記者、スタンフォード大学客員研究員、「ハフポスト」日本版編集長を経て2021年より現職に。世界経済フォーラム（ダボス会議）・メディアリーダー、テレビコメンテーター。著書に『SDGsがひらくビジネス新時代』など。

春香（はるか）

1975年愛知県生まれ。モデル。女性誌『Domani』『GRACE』のカバーモデルとして活躍し、人気を博す。2008年、作家・平野啓一郎と結婚、2児の母となる。現在はモデル活動の他、テレビ出演、WEB連載、料理研究家として菓子レシピの考案・提供など幅広く活動。著書に『春香のBeautiful Life』『春香Beauty Recipe』。

ツレヅレハナコ

1976年東京都生まれ。文筆家、編集者。出版社の料理雑誌編集部勤務を経て独立。食と酒と旅をこよなく愛し、国内外を食べ歩く。その経験から生まれた簡単レシピにファンが多い。2016年『女ひとりの夜つまみ』で料理レシピ本大賞・ママ賞を受賞。著書『女ひとり、家を建てる』『ツレヅレハナコのおいしい名店旅行記』他。

植本一子（うえもと・いちこ）

1984年広島県生まれ。写真家、エッセイスト。2003年キヤノン写真新世紀で荒木経惟より優秀賞を受賞。写真家としてのキャリアをスタートさせ、広告、雑誌などで幅広く活躍する。13年に写真館「天然スタジオ」を立ち上げ、一般家庭の記念撮影を始める。家族の日常を綴ったエッセイも多数発表。著書に『かなわない』『家族最後の日』など。

竹花いち子（たけはな・いちこ）

1955年神奈川県生まれ。料理人。武蔵野美術大学卒業後、フリーのコピーライターとなり、キリンビールやパルコの広告を手掛ける。一方で人気歌手に詩を提供する作詞家としても活躍。その後料理人に転身し、93年にレストラン「東京料理 タケハーナ」を開店。人気店となるが、2011年に惜しまれつつ閉店。現在は様々な場所で料理教室や食事会などを行う。

瀧波ユカリ（たきなみ・ゆかり）

1980年北海道生まれ。漫画家、エッセイスト。2004年『臨死!! 江古田ちゃん』で月刊アフタヌーン四季賞冬・大賞を受賞しデビュー（同作は後にドラマ化・アニメ化）。以降、漫画とエッセイを中心に幅広く創作活動を展開し、現在WEB漫画サイト『&Sofa』にて『わたしたちは無痛恋愛がしたい』を連載中。『モトカレマニア』など著書多数。

樋口恵子（ひぐち・けいこ）

1932年 東京都生まれ。評論家。東京家政大学名誉教授、同大学女性未来研究所名誉所長、「高齢社会をよくする女性の会」理事長。通信社や出版社を経て評論家に。女性問題、福祉、教育分野を専門とし、著書『老～い、どん!』『老いの福袋』などが人生100年時代を生きる老いの知恵袋として反響を呼ぶ。著書多数。

伊藤理佐（いとう・りさ）

1969年長野県生まれ。漫画家。87年高校在学中にデビュー。2005年『おいピータン!!』で講談社漫画賞少女部門、06年『女いっぴき猫ふたり』『おんなの窓』などで手塚治虫文化賞短編賞を受賞。アニメ化された『おるちゅばんエビちゅ』やエッセイ漫画『やっちまったよ一戸建て!!』『おかあさんの扉』など著書多数。

くどうれいん

1994年岩手県生まれ。作家。2018年に刊行した食エッセイ集『わたしを空腹にしないほうがいい』（BOOKNERD）がリトルプレスとしては異例のセールスを記録。21年初の中編小説『氷柱の声』が芥川賞候補に。歌集『水中で口笛』（工藤玲音名義）、絵本『あんまりすてきだったから』（絵・みやざきひろかず）など、様々なジャンルの文芸作品を創作している。

町田 康（まちだ・こう）

1962年大阪府生まれ。作家。96年初の小説『くっすん大黒』を発表、同作で翌年Bunkamuraドゥマゴ文学賞と野間文芸新人賞を受賞。2000年『きれぎれ』で芥川賞、01年詩集『土間の四十八滝』で萩原朔太郎賞、02年短編「権現の踊り子」で川端康成文学賞、05年『告白』で谷崎潤一郎賞、08年『宿屋めぐり』で野間文芸賞を受賞。

津島佑子（つしま・ゆうこ）

1947年東京都生まれ。作家。78年『寵児』で女流文学賞、83年『黙市』で川端康成文学賞、87年『夜の光に追われて』で読売文学賞、98年『火の山―山猿記』で谷崎潤一郎賞、野間文芸賞、2005年『ナラ・レポート』で芸術選奨文部科学大臣賞、紫式部文学賞を受賞。他受賞著書多数。16年逝去。

あとがき

随筆集『あなたの暮らしを教えてください』全4冊は、多彩な執筆陣の暮らしに出会える随筆アンソロジーです。

雑誌『暮しの手帖』に集まった随筆作品を、ぜひともまとめた形で読んでいただきたいと、編集作業を一年以上前からはじめました。今回は、4つのテーマに絞り込んだこと、紙数にも限りがあることで、収録が叶わなかった作品がまだまだあるのが心残りではあるのですが、ここに最後の第4集をお届けします。

編集部では、これまでさまざまな方に「暮らし」をテーマにした随筆を依頼してきました。文学界を代表する作家をはじめ、漫画家、コラムニスト、画家、料理家、音楽家、スポーツ選手、俳優、声優、研究者、書店員まで、じつにバラエティー豊かです。手前みそですが、これは私たち編集部の「いろいろな方の暮らしを読者に届けたい」というたゆまぬ好奇心と、努力の結晶といえます。

編集にあたり、およそ600編の随筆作品を読み返しました。ひと口に「暮らし」といってもその内容は幅広く、身近な家族や、友人、恩師とのこと、日常のささやかな出来事や気付き、住まいや、懐かしい場所、旅先でのこと、料理や食べ物にまつわる思い出など、たくさんの暮らしの風景に接し、涙あり笑いありの時間を過ごすことになりました。いずれも、筆者の心の奥に刻まれた大切な記憶のおすそ分けをいただいているようでしたし、とりもなおさず、「暮らしは面白く、日々は尊い」これに尽きます。

『暮しの手帖』は、1948年の9月、「もう二度と戦争を起こさないために、一人ひとりが暮らしを大切にする世の中にしたい」という理念のもとに創刊しました。広告をとらない弊誌は、誰におもねることなくただ読者だけを見つめて刊行し続け、今年で75周年を迎えます。

この変わらぬ思いを貫いてこられたのは、私たちの姿勢に共感してくださる読者のみなさまと、『暮しの手帖』からの依頼であればぜひとも、と筆を執ってくださった寄稿者のみなさまのお力添えがあったからこそです。節目の年にあたり、感謝の気持ちでいっぱいです。これからもどうぞよろしくお願い申し上げます。

暮しの手帖編集部

随筆集『あなたの暮らしを教えてください』は、左記に掲載した「随筆」のなかから、テーマごとに編成し、全4冊のシリーズとしたものです。

『暮しの手帖』第4世紀26号（2007年1月）〜
第5世紀14号（2021年9月）

別冊『暮しの手帖の評判料理 冬の保存版』（2010年10月）
『暮しの手帖の評判料理 春夏の保存版』（2011年4月）
『自家製レシピ 秋冬編』（2012年10月）
『自家製レシピ 春夏編』（2013年4月）
『暮しの手帖の傑作レシピ 2020保存版』（2019年12月）

第4集となる本書では、「料理、食の思い出」にまつわる作品を選び、収録しました。
各文末の（）内の年月は、掲載誌の発行時期です。内容は総じて掲載当時のままですが、著者の希望により、一部加筆・修正を行いました。

本文デザイン　勝部浩代
編集　村上 薫
高野容子
暮しの手帖編集部
編集補助　香取理枝
校閲　暮しの手帖編集部
オフィスバンズ

美味しいと懐かしい　随筆集　あなたの暮らしを教えてください4
二〇二三年五月十六日　初版第一刷発行
編　者　暮しの手帖編集部
発行者　阪東宗文
発行所　暮しの手帖社
東京都千代田区内神田一－一三－一　三階
電　話　〇三－五二五九－六〇〇一
印刷所　図書印刷株式会社

ISBN978-4-7660-0232-4　C0095

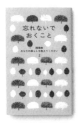

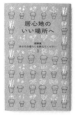

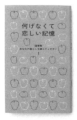

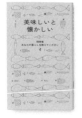